光文社文庫

文庫書下ろし／長編時代小説

竈(へっつい)稲荷の猫

佐伯泰英

光　文　社

この作品は光文社文庫のために書下ろされました。

目次

第一章　父親の仕事……9
第二章　小夏の怒り……68
第三章　棹　造　り……128
第四章　悩め、善次郎……188
第五章　深夜のつま弾き……248
終　章……309

堀留町
新材木町
難波町
入江橋
新大橋
小船町
堀江町
万橋
新乗物町
玄治店
竈河岸
浜町堀
浜町河岸
住吉町
稲荷
伊勢町
葺屋町
水野壱岐守下屋敷
組合橋
銀座
親父橋
松島町
照降町
荒布橋
本舟町
川口橋
森川紀伊守上屋敷
小網町
思案橋
江戸橋
本橋川
酒井雅楽頭中屋敷
永久橋
汐留橋
行徳河岸
春日町
湯島天神
蔵前
水戸徳川家
牛込
神田明神
森田町
御米蔵
神田川
外神田
向柳原
牛込御門
小石川御門
水道橋
天王町
浅草橋
柳橋
御竹蔵
昌平橋
筋違御門
和泉橋
柳原土手
両国広小路
本所
番町
田安御門
組板橋
雉子橋御門
一ツ橋御門
内神田
馬喰町
両国橋
回向院
神田橋御門
竪川
清水御門
小伝馬町
今川橋
日本橋
新大橋
常盤橋御門
小名木川
北町奉行所
室町
川口橋
江戸城
江戸橋
永久橋
仙台堀
深川
半蔵御門
呉服橋御門
南茅場町
材木町
蛤町
西之御丸
日本橋
永代橋
組屋敷
八丁堀
富岡八幡宮
鍛冶橋御門
京橋
霊岸島
南町奉行所
桜田御門
永田町
数寄屋橋御門
西本願寺
石川島
越中島
日枝
新橋
築地
佃島
溜池
幸橋御門
汐留橋
0
1km
N

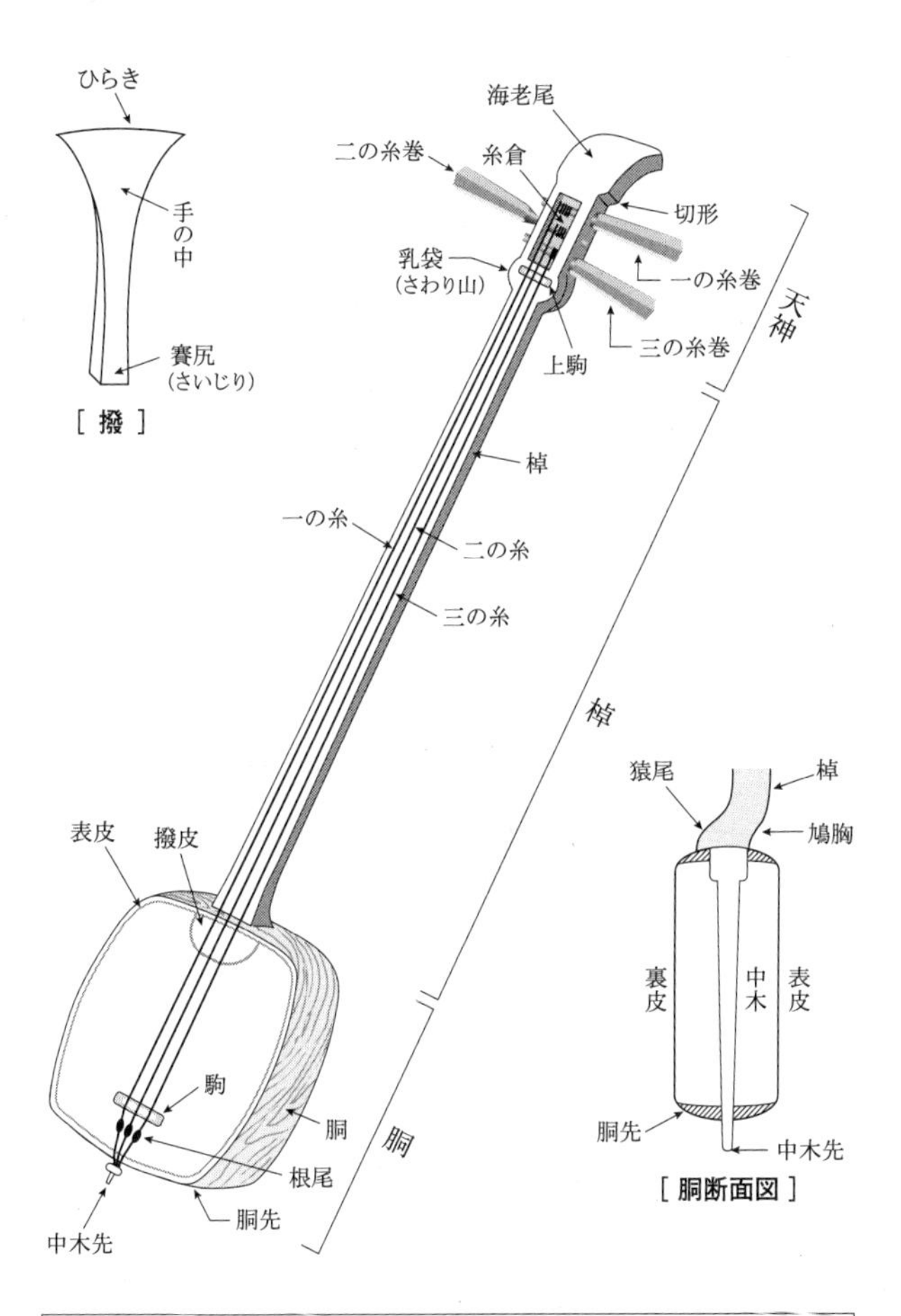
ひらき
手の中
賽尻
(さいじり)
[撥]
海老尾
二の糸巻
糸倉
切形
乳袋
(さわり山)
一の糸巻
天神
三の糸巻
上駒
棹
一の糸
二の糸
三の糸
棹
猿尾
棹
鳩胸
表皮
撥皮
裏皮
中木
表皮
駒
胴
胴
根尾
胴先
中木先
胴先
中木先
[胴断面図]

三味線各部の名称

竈稲荷の猫

第一章　父親の仕事

一

日本橋から北東にわずか十丁（約一キロ）あまり、かつて元吉原のあった浜町入堀に面した片側町は、住吉町裏河岸と呼ばれ、東へさらに難波町裏河岸の片側町が続いている。ふたつの裏河岸は入堀に面しており、この界隈の住人は、住吉町裏河岸とも難波町裏河岸とも呼び分けず、いつのころからか、

「竈河岸」

あるいは、

「稲荷河岸」

と呼び習わした。

竈河岸の中ほど、入堀の対岸には上総鶴牧藩水野壱岐守一万五千石の下屋敷があって橋が架かり、水野家の敷地の外側、北東の隅に小さな稲荷社があった。住吉稲荷と呼ぶ里人もいたが、およその住人はただ、

「竈稲荷」

とか、

「猫稲荷」

と呼び合った。

竈稲荷では、十年以上前に野良猫が子を何匹か産み、いつしか母猫も子を連れて魚河岸へと引き移ったが、一匹の猫だけが取り残されて竈河岸の住人らが稲荷社に詣でるついでにエサを与えたので、名なし親なしの子猫は稲荷社で暮らすことになった。一匹から始まった稲荷猫は代々続き、今では何代目か、だれも知らない。初めてのオスの黒猫が猫稲荷の名を守って生きていた。そんな経緯で猫稲荷とも呼ばれた。

寛政七年（一七九五）仲夏。

このところいちばん熱心に黒猫のところに通ってくるのは、竈河岸の裏長屋、その名も三味線長屋の住人の娘、八月後には十五歳を迎えようとする小夏だ。

母親が流行り病で亡くなり、エサをやっていた母親に代わり、ひとり娘の小夏が稲荷猫に食い物を届けて、黒猫と仲良くなった。

父親の伊那造は玄冶店の三弦職人だ。

三弦とは三味線のことだ。伊那造と小夏の父娘のふたりが住む三味線長屋は、元吉原のあった玄冶店に代々続く三弦師五代目小三郎親方の持ち物だ。ゆえに三味線長屋と粋な名で呼ばれている。

玄冶店は竈河岸ともさほど遠くなく、公許の象徴、櫓を持つ中村座や市村座のある芝居町、二丁町の界隈だ。さらに江戸の一夜千両を稼ぐと評判の御免遊里の吉原と隣接し、魚河岸も近くにあった。だが、明暦二年（一六五六）十月の公儀の命で吉原は城近くから浅草寺裏の日本堤に移された。ために三大一夜千両の町のひとつが玄冶店近くから消えた。

だが、魚河岸と芝居町が残った玄冶店界隈は今も昔も芸どころであり、それに関わる旦那衆や職人衆が多く住んでいた。

一方、浅草に移った新吉原も三味線となると玄冶店の三弦師小三郎親方を頼りにして、魚河岸の旦那衆も祭礼だ、なんだかんだと理由をつけて小三郎親方のもとへ出入りした。

玄冶店から少し離れた竈河岸の三味線長屋は何代か前の小三郎親方が材置き場として使ってきたが、いつしか通いの弟子を住まわせ始めたので三味線の材置き場と奉公人の住まい、作業場の長屋が出来上がり、

「三味線長屋」

と呼ばれるようになった。

三味線の基は中国元朝（一二七一～一三六八）といわれているが古手の弟子、伊那造はかような知識に関心はない。ともあれ、元朝、あるいは明朝になってから琉球に伝わって「三線」と呼ばれるようになり様々な民謡の伴奏に使われた。この三線は胴に錦蛇を張ったことから蛇皮線とも称された。この三線、ないしは蛇皮線が和国本土に伝えられたのは、室町末期、十六世紀なかばといわれる。永禄年間（一五五八～七〇）に泉州堺に伝来したとか。

和国でこの異国生まれの楽器に最初に関心を寄せたのは琵琶法師だ。

この琵琶法師、琉球のつま弾く演奏法ではなく、それまで弾いていた琵琶の奏法を用い、三線を膝に斜めに立て、撥で弾いた。蛇の皮は弱く、破れやすい。ために厚くて丈夫な皮に取って代わった。幾多の皮を試したのち、猫皮が使われるようになった。さらに音色に余韻を持たせるべく胴が四角い形に替えられた。

わが国の風土と人々の聞きさわりに合うように改良されて和製の三味線が完成したのは、徳川（とくがわ）幕府開闢（かいびゃく）前の文禄（ぶんろく）年間（一五九二〜九六）といわれる。棹材（さおざい）には主に樫（かし）、桜、胴には桑（くわ）が使われた。

この三味線の材を乾燥させる置き場所が三味線長屋の基であったのだ。

五代目の小三郎親方のもとで年季が入り、所帯を持った折りに三味線長屋の住人になった伊那造は材の管理も任されるようになった。ために住まいの長屋の部屋は材置き場に接していた。

ついでに言うと三味線の撥は象牙（ぞうげ）だが、これも異国産で高価なものだ。弦（げん）は絹（きぬ）糸（いと）だ。それも近江（おうみ）の春蚕糸（しゅんさんし）が最上と信じられていた。これらふたつは玄冶店の小三郎親方の家で保管されていた。

小夏が猫稲荷の猫に親しんだのは夭折（ようせつ）した母親お千（せん）のエサやりに従っていたためだ。

母親は、

「いいかい、小夏。お父（とっ）つぁんに猫稲荷の猫がオスの黒猫なんて決して言うんじゃないよ」

と言い聞かせていた。

「お父つぁんになぜ言っちゃいけないの」

「稲荷猫がオスの黒猫だからさ」

代々の猫稲荷の猫は名をつけられないのが習わしだった。野良猫が住み着いた体(てい)をとるためと、過剰(かじょう)に情けが移らないように名をつけない習わしが竈河岸の住人の暗黙の了解事項だった。だから黒猫には名はない。

「おっ母(か)さん、オスの黒猫は悪さをするの。クロはおとなしいし、愛らしいよ」

「小夏、稲荷猫に名をつけちゃいけないと言ったろ。情が移ってさ、猫が死んだとき、悲しみが何倍にもなるよ」

と注意したお千が、

「お父つぁんの仕事は三味線造りだよ。おまえは小三郎親方の作業場を見たことがあるだろ。三味線の胴に張るのは猫皮だよ」

「ああー」

と小夏は悲鳴を上げた。

「クロも、いや、稲荷社の黒猫も三味線の胴に張るの。前の稲荷猫はそんなことなかったよね」

「ありゃ、メス猫だからね」

「はああ、どういうこと」

「小夏、よくお聞き。三味線の皮は猫皮を背割りして乾かし、腹のところが三味線の皮の中心になるように皮張りするのさ。メス猫だとおっぱいの痕がついてさ、見場が悪いやね。いいかい、猫の中でもオスでさ、一歳から三歳までの黒猫が三味線には一番いいんだって」

クロは三味線の皮にうってつけだった。

「わたしたちがエサをやる稲荷猫はさ、黒猫でオスだし、生まれて一年が過ぎたよね」

「ああ、だから、お父つぁんに知られたくないのさ。クロの毛皮はなかなかの値がつくそうだ」

思わずお千も小夏の呼ぶ猫の名で言ったが、小夏は未だ母親のお千の言うことが呑み込めなかった。

「おまえがクロと呼ぶ稲荷の黒猫はおとなしいやね」

「おとなしいといけないの」

「仲間と喧嘩ばかりしているオス猫は傷だらけで三味線の皮には使えないのさ」

「へえ、そんなことか」

と母親に応じながら小夏は身を竦(すく)めた。

「お、おっ母さん、稲荷の黒猫を殺して猫皮にするの」

「それがお父つぁんの仕事だよ」

この問答をした半年後にお千は流行り病で高熱を発してあっさりと身罷(みまか)った。

母親の通夜(つや)や弔(とむら)いを終え、母親の代わりになって家事をこなし、父親との暮らしを守るために小夏はしばらく竈河岸の稲荷社を訪ねられなかった。久しぶりにおまんまに鰹節(かつおぶし)をまぶしたエサを持って黒猫に会いに行った。

堀にかかる木橋の下には珍しいことに古びた猪牙舟(ちょきぶね)が泊まっていた。

「おまえさん、元気だった」

と縁の欠けた茶碗に入れたエサを与えると、よほど腹が空(す)いていたのかがつがつと食べ始めた。

小夏は黒猫の傍(かたわ)らの階(きざはし)に腰を下ろして、

「クロ、うちのおっ母さんがさ、おまえの代わりに死んじゃったよ。もう、おまえが三味線の猫皮になることがないように、代わってくれたのかな」

と話しかけた。当代の稲荷猫が若い黒猫のオスということを父親の伊那造に小夏は告げていなかった。

「おっ母さんがいなくなってさ、急に寂しくなったよ。わたしはね、お父つぁんの三度三度のごはんを拵(こしら)えるのは嫌いじゃないの。洗濯だっておっ母さんに習っていたからできるわよ。

でもさ、長屋の部屋の三人ぐらしがふたりになったらさ、昼間はさ、お父つぁんは、長屋のとなりの作業場にこもりきりで棹造りをしているでしょ。小夏がひとり、長屋にいるのはさびしいよ。クロ、おまえには分かるよね、母猫はおまえを産んですぐに竈河岸からいなくなったものね」

と小夏はエサを食べ終えた黒猫に話しかけた。すると話が分かったという仕草で、ミャウミャウと啼(な)いて稲荷社の階に座る小夏に身をすり寄せてきた。

竈河岸に架かる木橋に足音がして、三味線造りの小三郎親方のいちばん若い弟子の善次郎(ぜんじろう)が顔を出し、

「やはりここだったか」

と小夏に話しかけた。

「あら、善次郎兄さん、どうしたの」

「うん、おかみさんがさ、小夏がどうしているかって、見てこいだとさ」

夏ものの印半纏(しるしばんてん)を着た善次郎が提(さ)げていた包みを小夏に差し出した。

「なんだろう」

「中村座の前にある甘味屋のむらさきの大福だと思うな」

「ありがとう。おかみさんに礼を言ってね、善次郎兄さん」

「ああ」

と言った善次郎は稲荷社の小さな階に腰を下ろした。長い足に穿いた作業着の裁衣に木くずがついていた。

小夏はもらったばかりの大福の包みを善次郎との間に置くと、そおっとクロを抱いて反対側に隠した。

善次郎は十三の折りから三味線造りの弟子になり、鑿、鉋、ヤスリの使い方を覚え、ようやく六十余りの工程を身につけたところだ。兄弟子に当たる伊那造は、

「善次郎め、覚えは悪いがよ、いったん手先に覚え込ませた技は決して忘れないや。そのうち兄弟子の何人かの技量をあっさりと抜くな」

お千の弔いの酒にほろ酔いになって漏らしたものだ。

「お父つぁんもかなわない」

「小夏、職人としてはおりゃ、あいつの何倍も古手だが不器用だ。そいつを親方が一番承知していなさるからよ、おれを玄冶店の作業場から離して、三味線長屋

の作業場で棹造りを独(ひと)りやらせているのよ。おれは三味線の棹造りはできる、だが、胴に皮張りをして一張(はり)の三味線を拵(こしら)えることはできねえ。そうだな、五、六年経てば、善次郎にはできるぜ、きっと」

　と言い添えたことを小夏は覚えていた。

「善次郎兄さんは三味線造り、好きなのよね」

「ああ、好きだ。小夏は自分の拵えた三味線を弾く親方が出す調べを聞いたことはあるまい」

「ないわ」

「魚河岸の旦那衆のひとりがさ、『小三郎親方の三味(しゃみ)は、吉原の夜見世(よみせ)の始まりにつま弾かれる清掻(すががき)と似ていてよ、嫋々(じょうじょう)とした余韻があるんだ』と漏らされたが、おりゃ、若すぎてまだ半分も分からねえ。五代目の三味線造りと曲弾きは、おれの目標よ」

「うちのお父つぁんは三味線の棹を拵えても、一張の三味は造ることができないと常々漏らしているわ。善次郎兄さんの目標は一張を拵えることなの。大変ね」

「ああ、大変だ。だがよ、どうせ登るならば富士の高嶺(たかね)のような高い山がいいや」

と善次郎が言い切った。

「だけどな、おれのような一張を造りたい弟子ばかりじゃ玄冶店の三味線造りはダメなんだよ。小夏の親父さんのような棹の仕上げができる職人も要るんだよ。伊那造親父さんの木選びは玄冶店一だぞ」

と言った善次郎が、

「小夏、その黒猫をなんと呼んでいるんだ」

「名はつけちゃダメと言われたんだけど、わたしだけのときは、クロと呼んでいるわ」

「そうか、クロね」

「だれにも言わないで」

「分かっているって。若いオスの黒猫、ただいまの玄冶店ではなんとしても欲しい一匹だもんな」

「善次郎兄さん、知っているの。まさかそのために猫稲荷に来たんじゃないわよね」

小夏が険しい顔で善次郎を睨んだ。

「小夏よ、このことをおめえの親父さんはすべて承知だよ」

「えっ、お父つぁんが知っているの」

「おお、親方も承知だよ」

「た、大変」

「心配するなって言ったろう。親方はな、『猫稲荷の黒猫をうちの三味線の猫皮にできるもんか。そんなことしてみろ、罰が当たる』と言ってらあ」

小夏は長いこと善次郎の顔を睨んでいたが、虚言や冗談じゃないと分かった。

「よかった」

「竈河岸は遊芸の町内だしよ、人情に篤い土地なんだよ。黒猫は天命を守って長生きしてほしいとよ、この竈河岸界隈の守り神だとよ」

と善次郎が親方の言葉を告げた。

用事が終わったとばかり立ち上がりかけた善次郎に、

「善次郎兄さん、この界隈の生まれじゃないわよね」

「おれか。おれもこの界隈に生まれたかったぜ。だがよ、おりゃ、川向こうの深川生まれさ。あっちが嫌いというわけじゃないが、江戸のこの界隈は、粋でよ、老舗が暖簾を連ねる室町あたりとも雰囲気が違ってよ、一風変わっているよな」

と上げかけた尻をまた階に下ろした。

「おれの身内は江戸の内海での漁師よ。おりゃ、漁師も嫌いじゃねえが、祭りで聞いた三味線の音色が耳に残ってな、玄治店の小三郎親方のもとに住み込み弟子に入ったのよ。十三の歳だから、七年前か」

小三郎の住み込み門弟にしては、ほかの兄弟子たちよりものんびりしているように小夏には思えた。

「善次郎兄さん、なにか別の用事があるんじゃない」

と訊いてみた。

しばし迷った善次郎が、

「ううむ、おめえの親父さんからの頼まれごとでな。昨日、玄治店に仕上がった棹をいくつか届けに来たよな」

「ああ、珍しく太棹の注文だなんて言いながら仕事していたわ」

「それよ。偶さか親方と伊那造親父さんのふたりの問答する場におれが居合わせたんだ。するとな、親方が不意に小夏の胸のうちを訊くにはこのさい、若者同士で話をさせちゃあどうだと言いなさってさ、おれに白羽の矢が立ったのよ。親父の伊那造さんがよ、娘のおまえさんに尋ねにくい胸のうちを伊那造親父さんに代わって訊くのがおれの役目らしいよ」

「なによ、えらく御大層な話ね、お父つぁんと親方がわたしのなにが知りたいのよ」

「小夏、いくつだ」

「十四だけど」

「おっ母さんのお千さんが亡くなって寂しかねえか」

「えっ、そんな問いなの」

「うむ、おめえの奉公話だ」

と善次郎が小夏の顔を見た。

二

「わたしの奉公話ってなによ」

「小夏、いくつになった」

「聞いてなかったの、来年には十五歳よ」

「おりゃ、その歳には玄冶店に弟子入りしていたぜ」

「お父つぁんはわたしが奉公に出ることを望んでいるの」

「案じているのよ。小夏、おめえはお千さんに似て美形だからな」

「びけい、ってなによ」

「美人ということよ」

「えっ、わたしが美人なの。色黒だし眉も太いわ」

「眉なんていくらでも形は整えられるさ」

「おかしいわ、わたしが眉を整えてどこへ奉公に出るの」

「おお、それだ。深川の岡場所からおめえを奉公にくれという話が親父さんのもとに舞い込んでいるそうだ。悩んだ末に親方に相談したらよ、なんと柳橋だとか、御免色里の妓楼から別の頼みが親方のところにもあったそうだ。そんでよ、伊那造親父さんはよ、おめえに話をしなきゃあなるめえが、直に訊けないとよ。親父さんも娘には弱いかね。小夏が三味線長屋を出てよ、川向こうの柳橋なんぞの料理茶屋なんかに奉公に出ると言うんじゃないかって、勝手に考えて案じていなさるのよ」

「呆れた。わたしが奉公に出たら、お父つぁんのごはんはだれが作るのよ、洗濯はだれがするのよ。わたし、奉公なんて行かないわよ。三味線長屋に住まわせてもらってさ、お父つぁんが三味線の棹を拵えているのを見ながら暮らすわ。それじゃいけないの、善次郎兄さん」

善次郎はしばらく小夏を見ていたが、ほっとした表情で、

「よかったよ、いい判断だぞ」

と言い切った。

「なんなの、善次郎兄さんも私が色町や岡場所に奉公に行くことを案じていたの」

「まあな、親父さんや親方が小夏の考えを聞いたら安堵するぜ。親方は、小夏の婿はおれが探してやるって、言っていたもの」

「親方もおかしいわ、わたし、親方の娘じゃないのよ」

「まあ、そうだがよ、親方のところはふたりとも倅だろ。次男の二郎助さんは京に修業に出ているよな。二郎助さんのことなんぞが頭にあって、そう言ったんだと思うよ」

「男の人ってお節介ヤキね。自分のことは自分で決めるわ」

「おお、それがいいや」

と猫稲荷の階から勢いよく立ち上がった善次郎に、クロがミャウミャウと啼いて別れを告げた。そのとき、

「ううーん、黒猫め、稲荷社にいるじゃねえか」

と橋のほうから声がして、三人の男たちが姿を見せた。

「新公、てめえ、猫がもはや稲荷社にいないと言ったな」

善次郎よりいくつか年上で荒んだ顔つきの男のひとりが仲間のちびに言った。

「そう聞いたんだがな、橋向こうの裏長屋に飼われたとかなんとかよ。年寄りが確かにそうぬかしたんだ」

「新公、おめえは甘く見られたのよ。てめえが黒猫を連れてこい」

と兄貴分が仲間に言った。

「ほいよ」

と新公と呼ばれた男が小夏と善次郎のところにやって来た。

「おまえさんがた、どういう気だ。稲荷社の猫はこの界隈の竈河岸の住人が大事に飼っている守り猫なんだよ」

善次郎が言い放ち、小夏は黒猫を両腕に抱き上げた。

「飼い主がいるってか。無人のよ、稲荷社に暮らすなんてどだい、野良猫じゃねえか」

と上目遣いの貧相な顔の新公がせいぜい胸を張って善次郎に言った。

善次郎は六尺（約百八十二センチ）に近い長身だ。小男の新公とは一尺（約三十センチ）以上も差があった。

「おい、おとなしく黒猫をおれに渡しねえ」

善次郎が抗いの言葉を吐こうとしたとき、

「すっとこどっこい、やい、新公、稲荷社の猫は野良じゃありませんよ。お稲荷さんに飼われた稲荷猫だよ。お稲荷様の罰が当たるよ、ちびの新公、堀の水で面を洗って一昨日来やがれ」

と小夏が叫んだ。

「面白い娘だぜ、猫といっしょに岡場所に叩き売るか」

と兄貴分が懐に片手を突っ込んだ。脅しのための匕首でも忍ばせているのか、そんな仕草だった。

新公も後ろ帯に差していた二尺（約六十センチ）ほどの樫棒を抜いて構えた。武家屋敷の中間部屋で盗んできた木刀の類か。

「どうしようってんだ、新公」

と言い放った善次郎が一気に新公に迫り、いきなり真上から襟首を片手で掴むともう一方の手で樫の木刀を掴み取り、ついでに新公を蹴り倒した。なんとも素早い動きだ。三味線造りは力仕事だ。それにしても喧嘩慣れした善次郎の手際に小夏は魂消た。

「やりやがったな」

兄貴分と三人目のでぶのふたりが匕首と小刀を構えて善次郎に迫ってきた。

「おめえら、樫の棒がどれほど硬いか知るめえな」

と、善次郎は新公から取り上げた樫の木刀をふたりの男たちに片手で構えて見せた。なかなか様になっていた。

「よし、鶴吉、いくぜ」

兄貴分とでぶの鶴吉が匕首と小刀を翳して善次郎に迫った。

「おりゃ、毎日、硬木の樫の棹に鑿なんぞをかけている三味線職人だぜ。研ぎも満足にしてねえ匕首なんて振り回すおめえらとは違うぜ」

と言いながらふたりの男に迫った善次郎の木刀がびゅんびゅんと翻って、相手の肩口や腹を叩きのめした。

「ああ、痛えや、兄貴」

「く、くそ。新公のいい加減な儲け話に乗るんじゃなかったぜ」

ふたりが匕首と小刀を稲荷社の前に落としたまま橋を渡って向こう岸へと逃げ

出した。

「新公、おまえは仲間といっしょに逃げ出さなくていいのか」

と善次郎に言われた新公が慌てて仲間を追っていった。

「呆れたもんだぜ。竈河岸近辺の輩(やから)じゃねえな」

と言った善次郎が安物の匕首と小刀を竈河岸から入堀に放り込んだ。

「大丈夫か、すっとこどっこいの姉さんよ」

と善次郎が小夏を見た。

ふだんの玄冶店の作業場にいる善次郎の丁寧な言葉とはまるで違う、川向こうの深川の漁師言葉だ。

呆然(ぼうぜん)と善次郎を見ていた小夏が、

「善次郎兄さん、喧嘩が強いのね」

と恥ずかしげな顔を向けた。

「小夏よ、川向こうの漁師町じゃな、こんなの喧嘩とも呼ばないぜ。ただの餓鬼(がき)のお遊びだよ。それにしても小夏の啖呵(たんか)も大したもんだぜ」

小夏は思わず叫んだ言葉が恥ずかしかった。

「この樫棒は悪くないや、もらっておくか。クロを置いてさ、三味線長屋まで送っていくぜ」

と善次郎が言い、小夏ががくがくと頷いた。

「小夏はなんと言ったえ」

善次郎が玄冶店の小三郎店に戻ったとき、親方の小三郎が尋ねた。

「へえ、小夏ちゃんはどこへも奉公なんて行きたくないそうです。お父つぁんのごはんの仕度や洗濯はだれがするのよ、と叱られました」

「おお、それでこそ竈河岸の娘だ」

と親方が満足げに言った。

「伊那造の親父さんも親方も小夏ちゃんに竈河岸にいてほしいのですよね。地道な奉公だって行かせるのは嫌なんですか」

「善次郎、おまえに奉公先の心当たりがあるのか」

「親方、そんな大それた考えではありませんぜ、ただの問いです」

「そうよな、女の奉公先は髪結とか店番くらいしかあるめえ。伊那造には親子ふたりが暮らしていくのに十分な給金は渡してあらあ。格別、小夏が奉公に出る要はあるめえ」

「見習い奉公ってのもありますよね」

「おお、深川あたりの大店の娘が武家屋敷に見習いに出ているな」

「へえ」

「三味線職人の娘が見習い奉公に出て、箔がつくか」

「さあ、なんとも返答に困ったな。ただそう思っただけですよ」

「善次郎、小夏とウマが合うようだな」

「あんな風に立ち入った長話をしたのは初めてです。小夏ちゃんは賢い娘さんですね」

　善次郎は小夏当人の前では深川のように呼び捨てにしたが、伊那造や親方の前では、ちゃんづけと呼び分けていた。

「ああ、気性も形も死んだお千さんに似たかね。初めての長話でなんぞあったか」

「親方は、八卦も見られますかえ。ちょっとした騒ぎが猫稲荷でございました」

　善次郎は稲荷猫をめぐる馬鹿騒ぎがありました、と前置きして手にしていた樫の木刀を見せ、搔い摘んで話した。

「善次郎、おめえがうちに奉公に来て七年を超えたか」

「へえ、八年目にだいぶ前に入りました」

「その間にかような騒ぎに巻き込まれたことがあるか」

「いえ、ございません」

「竈河岸に奉公に出て、初めて馬鹿騒ぎに巻き込まれたか」

「へえ、はい」

善次郎は親方がなにを知りたくてあれこれと問うのか、迷った。

「親方、小夏ちゃんと稲荷猫が巻き込まれておりました」

「それで自慢の腕を振るってみせたか」

「川向こうの漁師の倅です、自慢もなにも、だれもが理不尽な目に遭ったとき、この程度の対応は致します。玄冶店では、かような応対はしてはなりませぬか」

「いや、生き物を扱う魚河岸の兄さんがたならば、小夏と黒猫を巻き込んだ騒ぎへのおまえの対応に喜ばれような。だが、善次郎、向後、気をつけよ。おまえは、芸事に使う三味線の職人ということをな。乱暴に乱暴で立ち向かうのは、下の下だ。分かるか、善次郎」

長いこと善次郎は沈思し、

「親方、以後、気をつけます。そして、今日もどのような応対をすればよかったか、考えます」

「おう、それがいい」

と親方が応じて、

「伊那造にはおれから小夏の気持ちを伝えていいか」

「むろんです」

と応じた善次郎はしばし間を置いて、

「親方、お節介を言うてようございますか」

「なんだ、言ってみろ」

「へえ、伊那造の親父さんは口下手なお方です。親方が親子ふたりを玄治店のこちらに呼んで話をされてはいかがでしょう」

「そうか、小夏の口から今日の話を親父の伊那造に直に聞かせようという魂胆(こんたん)か」

「小夏ちゃんは父親思いの賢い娘です。その場に親方がおられれば、親子は一層安心すると思います」

「お千さんが身罷ったときも伊那造は己の正直な気持ちを口にすることはなかったな。三人して話をするか。うちにとって、伊那造は棹造りの大事な職人だからな」


　と小三郎親方が善次郎の提案を呑んだ。

「善次郎、この三人の対面は早い機会がいいだろう。おまえが使いに行け」

　と命じた。

「親方の都合を訊いてよいでしょうか」

「早い機会にと言ったぞ、今晩でもいいや」

　と言った小三郎親方が、

「いや、待て。おれがな、七つ半（午後五時）時分にお千さんの仏前に線香を手向けに三味線長屋を訪ねる。そのことだけを親子に伝えてくれ」

　と善次郎に命じた。

　三味線長屋を訪ねると小夏が、

（最前別れたばかりなのにどうしたの）

　と驚きの顔をした。

「稲荷社の一件、親父さんに話したかい、小夏」

　伊那造は作業場で仕事をしている気配があった。

「お父つぁんはなにも言わないし、訊かないわ」

予測されたことだった。

「小夏、親方はな、お千さんが身罷って以来、棹造りの大事な職人伊那造の親父さんと親しく話してねえ。今晩、お線香を上げに来るついでと言ってはなんだが、おまえさんがた親子と話がしたいそうだ」

「なんてこと、そんな、うちに来るなんて大変」

「小夏、玄冶店にはおれのような住み込みの弟子もいる。親方は親父さんと気兼ねなく話がしたいそうな。なにも案ずることはないと思うよ」

と善次郎が言った。

しばし善次郎の顔を正視していた小夏が、

「そうか、私たち親子に親方が会うという話、善次郎兄さんが親方に願ったのね」

と言い切った。

「おれが親方にそんな口が利けると思うか」

「いえ、善次郎兄さんの考えだと思う」

「なんであれ、三人だけの集いは大事なことだ。伊那造親父さんにとっても小夏にとってもな。うん、という返答をくれないか」

小夏は長い沈黙のあと、こくりと頷いた。そして、

「善次郎兄さん、ありがとう」

と言い添えた。

伊那造は早めに仕事を切り上げ、長屋の井戸端で手足や顔を水で洗い、一応さっぱりした。それを見届けた小夏は竈河岸の湯屋に行き、お湯に浸かり、携えた浴衣に着替えた。

「おや、お出かけかえ」

と番台のおかみが質した。

「いえ、小三郎親方がおっ母さんの仏前にお線香を手向けに来るの」

「お千さんが亡くなって三味線長屋は寂しくなったよ。うちもおまえさんたち母娘が来るのは楽しみだったけどね」

「ありがとう、おかみさん」

長屋に戻ってみると伊那造もさっぱりした浴衣に着替えていた。

親方は七つ（午後四時）時分に三味線長屋の仕事場兼材置き場をざっと見回し

てから、親子の長屋を訪ねてきた。

「邪魔するぞ、小夏」

と言った親方は仏前の真新しい位牌に線香を手向けて長いこと合掌していた。

そして、携えてきた風呂敷包みを小夏に、

「夕餉どきに悪いな。こりゃ、うちのかかあが拵えた稲荷寿司だ。あとで食べてくんな」

と渡した。

「親方、悪い話かえ。親方がうちに来るなんてよ」

と伊那造がもごもごとした口調で訊いた。

「伊那造、小夏の奉公話だ」

「えっ、小夏が奉公に出るのか」

と驚いた伊那造が親方を見た。

「おお、通い奉公が決まった」

という言葉に伊那造も小夏も呆然自失して親方を見た。だが、驚きは親子して微妙に違っていた。

「ど、どこだ」

と父親が尋ねた。

「うちよ。小夏はこの材置き場の帳付けをすることになった。伊那造父つぁん、おまえは字を書くのは苦手だよな。だが、小夏は大人並みの読み書きができる。それもこれもお千さんの教えよ。うちの材はただの樫や桜と違う。どれもそれなりの高値だ、だからただいまどれほどの材があるか知っておくのは大事なことだ。そんな帳付けだ。

給金は、一日百二十文と高くはねえ、だが、小夏が地道に貯めれば季節の衣装くらい購えよう。どうだ、伊那造、小夏を奉公に出すか」

言葉を失っていた親子ががばっと顔を伏せて、

「親方、ありがとうございます」

と小夏が感謝の言葉を口にした。そして、これは善次郎の、

「お節介」

のおかげだと思った。

三

そんなわけで小夏に新しい「奉公先」が決まった。とはいえ、仕事先も承知ならば、父親が上役（うわやく）、仕事の内容も漠（ばく）と分かっていた。だが、奉公の初日、

「お父つぁん、よろしくお願い申します」

と頭を下げて願ったのは、朝餉（あさげ）の仕度を終えて後片づけをし、洗濯をしたあとのことだ。

三味線長屋の女衆たちが、

「どうしたえ、小夏ちゃん、今朝は妙にばたばたしてないかえ」

「そういえば、玄治店の五代目が昨日来ていたね、なんぞ命じられたか」

などと口々に訊いた。

「ええ、親方が亡くなったおっ母さんの後釜（あとがま）のお役目をして、しっかりとお父つあんを支えなさいと言われました」

「親方は知らないのかね。小夏ちゃんは長屋のだれよりも働いているよ」

「十四でこれだけしっかりと父親の三度三度のめしの仕度をして、洗濯だって毎

日やってさ、伊那造さんに不都合なんぞさせてないよ」
　と言い合った。
三味線長屋には六軒の住人がいたが、大半の亭主は三味線造りの玄冶店三弦師小三郎親方と関わりのある小売店（こうりだな）の通いの男衆だった。つまり三味線長屋には三味線に関わりのある者が住んでいた。が、ただひと組、老夫婦の菊由（きくよし）とおまんの夫婦は親方の遠い親類とか、菊由は居職（いじょく）で季節の祭礼の品、凧（たこ）や羽子板（はごいた）なんぞの絵つけをしていた。

その朝、小夏はいつもより一刻（いっとき）（二時間）ほど早起きして朝餉と洗濯を終えて、父親の仕事始めの刻限の五つ（午前八時）には伊那造ひとりの作業場と、吟味された樫材や桜材の硬木の置き場に入っていた。

長屋の一角、親子の住まいに接しての作業場と材の置き場の敷地は、五十数坪あり、一階には伊那造の作業場があり、角材にする前の丸太などが保管され、二階には材の中でも高値で仕入れた桜材や樫材が三尺（約九十一センチ）の長さの角材にされてあった。その角材の一つひとつが細棹、中棹、太棹となって仕上げられ、玄冶店で胴と組み合わされた。

角材はまあ、一応、きちんと保管されているのだろうか、他人が見れば、ただ桜材と樫材が大量に長い棚に突っ込まれているように見えた。

「お父つぁん、この棚に並んでいる材には区別があるのよね」

「おお、材の年期、材が育った土地とかよ、乾燥させる時間、それぞれが違うのよ。胴は胴で選ばれた桑材を使うからよ、木目(もくめ)の細かい桑材もうちの二階にあらあ」

「わたしにはただ空(あ)いた場所に突っ込んであるように見えるわ」

「馬鹿を言え、おれの頭の中では一本一本の区別がついていて、およその仕入れ値も覚えていらあ。親方はおめえに読み書きができるからって、帳付けしろと命じたが、ありゃ、おめえをよそに奉公に出したら役に立たねえと心配しての方便じゃねえか」

と言い放った。

「お父つぁん、わたし、かりにもお給金をもらうのよ。ちゃんとした仕事をしなけりゃ、親方に申し訳ないわ。そうでしょ」

との小夏の言葉に伊那造は黙り込んだ。

「今、格別急ぎの仕事はないんでしょ」

「うちは小三郎親方が仕上げる特別な注文の仕事が主だ。三味線屋に卸(おろ)すのは玄治店三弦師小三郎の銘が入らねえ弟子の仕事だ。おりゃ、注文の品に合わせて材を選び、細棹、中棹、太棹とよ、棹の太さで分けた棹を造る。なにより棹造りは三味線の基よ。仕上げまで手間がかかるから、特別な注文のは値も高い」

と父親が遠回しに娘に威張ってみせた。

「急ぎ仕事はないのね」

「ねえな」

「ならば、お父つぁん、二階にある材の木の種類、年期、育った場所、乾燥具合をわたしに教えて。仕入れ値もだいたいは承知していると言ったわね」

「おお、親方とおれが棹の仕入れには立ち会うからよ」

「仕入れのくわしいことは親方に訊くわ。こちらの作業がすべて終わってからね」

「おめえはなにをするつもりだ。おれの揃えた材を並べ替えようって算段か」

「ダメなの」

「ダメだ。おれが生きているうちはおれのやり方を通させてもらう、いいな、親方もそのことを含めておれに任せていなさるんだ」

小夏はしばし沈黙して考えた。

「お父つぁん、おっ母さんが死んだことを覚えているわね」

「半年ばかり前に死んだお千のことを忘れるほど呆(ぼ)けてはいねえ」

「ならば言うわ。人は、だれもが死ぬのよ。若くても突然に死ぬことだってある。おっ母さんはきれい好きだったわ。衣類や持ち物を、自分の分、お父つぁんの分、わたしの分は七五三の折りの晴れ着なんか、きちんと整理して管理してあったわ。

　それでも娘のわたしにも分からないものが出てくるの。うちの中でさえそうよ、まして親方がこれから注文を受けて造る三味線の材がどこにいくつあるか、お父つぁんの頭の中にあったって、死んだら玄治店のだれにも分からないわ。物は人より長く残るのよ」

　伊那造が黙り込んだ。へそを曲げると、何日も身内に口を利かないことがあった。

「いいわ。お父つぁんが得心(とくしん)したとき、教えて。最後にひとつ、言うことがあるとしたら、いい、お父つぁん、ここにある三味線の材すべてがいくらの値で仕入れたものか、知らないけど、大変なお金よね」

　伊那造は口を利かなかった。

「この沢山の材はお父つぁんの持ち物ではないの。五代目の親方の持ち物よ。分かるわよね」

と告げた小夏は二階から下りて長屋に戻った。すると長屋の戸口の前に善次郎が立っていた。

小夏が見ると善次郎が、

「そうか、親方に言われた帳付け以上のことにすでに小夏は手をつけようとしたか」

と言った。

「悪いの」

「悪いとかいいとかの話じゃねえさ。小夏ならば、即座にうまく仕事を始めるだろうと思ったのよ」

「親子の話を聞いたのね、善次郎兄さん」

「作業場に入ったら二階から小夏の声が聞こえてきたから、おりゃ、こっちで待っていたのよ」

「なんの用事なの」

「親方の命でな、おまえに会いに来たのさ」

「用事はなによ」

性急に小夏が質した。

善次郎はしばらく無言で片足をぶらぶらさせていたが、

「おっ母さんが身罷ったあと、小夏がよく頑張っているのはだれもが承知だ。だがよ、頑張りすぎても物事はうまくいかないぜ。伊那造親父さんだってお千さんの突然の死はよ、応えていなさるんだ。娘の小夏といってもおっ母さんの代わりにはならないぜ。親子で暮らしにも仕事にもゆっくり向き合いなされとの親方の言葉よ、それを伝えに来たのよ」

「善次郎兄さん、お節介が過ぎない」

「ああ、おれもそう思っているよ。なぜだろうね」

と言った善次郎が、

「おりゃ、玄冶店に戻るぜ」

と言い残して三味線長屋から姿を消した。

不意に小夏の両眼から涙が流れてきた。

(なんてことを口にしたのか)

小夏は善次郎を追って駆け出していた。

善次郎は、猫稲荷に通じる木橋の袂(たもと)で対岸の黒猫を捜していた。その背には小夏が後を追ってきてくれることを望んでいる気配があった。

「善次郎兄さん、ごめんなさい。わたしったら、親方の親切にひどい言葉で返したわ」

大きな背中がゆっくりと回り、手拭いが突き出された。

涙に潤んだ目に手拭いが映った。そのとき、自分が涙を流していることに気づいた。

善次郎が手拭いを小夏の手に握らせた。

「あ、ありがとう」

小夏は善次郎の手拭いで涙を拭った。

「クロを見ていこうか」

と善次郎が木橋を渡った。

するとどこから見ていたか、ミャウミャウと啼いてクロが姿を見せた。善次郎が作業着の襟の中から煮干(にぼし)を出してクロに与えた。

そんな善次郎を見ていた小夏は、

「善次郎兄さん、ごめんなさい。わたしは親方の気持ちを考えずせっかちすぎたのね」

「親方は小夏の気性も伊那造親父さんの頑固も承知なんだよ。だから、おれに三味線長屋の親子を見てこいと言いなさったのよ」

と諭すように善次郎が言った。

小夏は涙が流れるのを感じて手に持たされた手拭いで瞼を覆った。善次郎のにおいがする手拭いが涙で濡れた。ごしごしと瞼をこすると、

「手拭い、洗って返すね」

「そんなことはどうでもいい」

と言いながら煮干を食べ終えた黒猫を善次郎が抱き上げた。小夏以外には抱かれるのを嫌うクロが素直に抱かれた。

「煮干のせいかな」

「違うわ。善次郎兄さんが好きなのよ。身内と思っているのよ」

「そうか、煮干だけのせいじゃないか」

と言った善次郎が小夏にクロを渡した。

「親方がな、材置き場の整理は気長にやるように告げてこいと言いなさったんだ。それでな、おれに手伝いが要るようなら、手伝えと言いなさった。だがよ、伊那造親父さんが小夏の手出しを得心するまでには何日もかかろう。おりゃ、今日は

このまま玄治店に戻るぜ」

「親方に言って。うちのお父つぁん、頑固だけど、いずれちゃんと親方の考えを受け入れるって」

「ああ、そう伝えるよ。大川（隅田川）の花火のころには材置き場の整理がつくといいな」

と善次郎が言い、おりゃ、戻るぜ、と繰り返した善次郎は木橋を渡って玄治店の仕事場に戻っていった。

小夏は両手に抱いたクロを稲荷社の階に下ろした。

夏の陽射しが黒猫の体をつややかに照らした。


数日、小夏は三味線長屋の作業場に入らなかった。棹を粗削りする音が響いていたが、ときに物音が消えて父親が考えごとをしている様子が小夏の頭に浮かんだ。

その朝、朝餉を食べ終えた伊那造が、

「小夏、おれの名の伊那造ってのは先々代の親方がつけたと聞いたぜ」

と突然言い出した。

「伊那ってのは信濃国（しなののくに）にあるってよ、諏訪湖（すわこ）という大きな湖があるそうな。おれの先祖が伊那から江戸に出てきて竈河岸の界隈に住み始めたのよ。そんな故郷を忘れるなってんで、伊那造という名をつけたと親父に聞かされたことがあらあ」

「元をたどればわたしも伊那が故郷なの」

「おお、そうよ。おれも信州（しんしゅう）伊那なんて行ったこともねえ、だがよ、古里（ふるさと）があるとしたら信濃伊那だ。小夏もおれといっしょでよ、行ったこともねえ伊那がお国許（くにもと）だな」

　茶を喫した伊那造が、

「玄治店の親方に、明日から材置き場の整理をしますって告げてくんな」

と言い、小夏はしばし間を置いて、こくりと頷いた。


　玄治店の三味線造りの広々とした板の間には、善次郎の兄貴分の弟子が通いを含めて七人もいて、無言ながら濃密なときが流れていた。そんな中に善次郎の姿は見えなかった。

「おや、小夏かえ。親父さんの使いか」

と目ざとく小夏の姿を認めた一番弟子で弟子頭の柱六（ちゅうろく）が声をかけてきた。親父の伊那造とほぼ同時期に先代の四代目小三郎のもとへ弟子入りしていた。柱六は三味線造りの六十余りの工程を如才(じょさい)なくこなしたが、伊那造は棹ひと筋に拘(こだわ)った。それが玄治店の弟子を仕切る柱六と三味線長屋の材置き場で棹の独り仕事をする伊那造の立場を分けていた。

「柱六兄さん、五代目にお父つぁんの言づけを持ってきました」

「親父さん、得心したようだな。親方は奥にいなさる、上がりなされ」

と言った。

五代目の親方だけは表の作業場ではなく、奥座敷で独り仕事をなす、これが代々の玄治店三弦師小三郎店の習わしだ。奥座敷は弟子が仕上げた三味線の点検をしたり、三味線のお師匠さんや馴染(なじみ)の芸者衆や芝居小屋の囃子方(はやしかた)が通されて注文を受けたりする場でもあった。そして、ひとりだけ五代目の跡継ぎの壱太郎(いちたろう)がともに詰めて、黙々と胴造りを手伝っていた。

小夏が奥座敷へ向かうと親方の話し声がした。客がいるのかと思って廊下で足を止めると、

「だれだえ」

と小三郎親方が質した。

「三味線長屋の小夏です。あとで参ります」

「なんだ、小夏か。入りねえ、知らないお客人じゃねえや」

と応じられた。

「迷惑ではございませんか」

「迷惑なら最初(はな)から迷惑と言うぜ」

との五代目の言葉に、お邪魔します、と廊下から奥座敷を見ると、三味線と素(す)踊(おど)りの師匠のにしきぎ歌水(うたみ)が笑みの顔で小夏を迎えた。

「おっ母さんがいなくなったことに慣れたかい、小夏ちゃん」

歌水は二丁町の中村座の囃子方や踊り手に三味線と素踊りを教え、歌水自らも清元と素踊りの名手だ。お千が小夏の七歳の折りに歌水のもとへ連れていき、

「お父つぁんは三味線造りだよ、おまえも三味の弾き方くらい覚えなきゃね」

と強引に弟子入りさせた。

小夏の歳で名人歌水へ弟子入りするなど無茶だが、彼女の三味線は玄治店の小三郎一族が誂(あつら)えてきた。ゆえに弟子入りを許さざるを得なかった。

「お師匠さん、なんとかお父つぁんとふたり、やっています」

「ならば気晴らしにうちにおいでなされ。小夏くらい三味線の扱いも踊りもこな

すのは大人にもいないよ。うちの養女にして跡継ぎにしたいくらいさ、五代目」

「なに、小夏は三味線を弾くかえ。歌水師匠の弟子とは聞いていたが、師匠がほめそやすほどとは思わなかったぜ」

「親方さん、わたしの三味は芸ではありません。三味線造りがどんなものか知るために、おっ母さんが歌水師匠のもとへ通わせていたのです」

「そう聞いておこうか。歌水師匠がおめえにおべんちゃらを言う曰くもねえや。この次な、師匠を抜かして、ふたりで三味線の二挺弾きをやるかえ、小夏」

「ふっふっふ」

　と歌水師匠が笑い、

「師匠の私に断りもなしにかえ、親方」

　と文句をつけた。

「師匠、三味線長屋の材置き場の整理がついたら、また元吉原の稽古場に顔を出します。お許しくださいますか」

「小夏の願いを断れるものか」

　ありがとうございます、と小夏は歌水に頭を下げた。

「小夏、用事たあ、お父つぁんが三味線長屋の材置き場の整理を得心したか」

「はい。明日からやると申しております」

「小夏、おまえみてえに賢い娘はそういないぜ。にしきぎ歌水師匠も跡継ぎだと言うし、うちでも頼りにしている。若いうちの苦労は買ってでもやるこった」

との五代目の言葉に小夏は頭を下げた。

「明日から材置き場に善次郎ともうひとり、手伝いにやるぜ。おめえは伊那造父つぁんの頭の中にある材の目録を帳付けする掛（かかり）よ。善次郎たちは重い角材を運ぶ掛だ」

と言った。

四

翌朝、善次郎が小夏の知らない若い男を連れて三味線長屋の棹造りの作業場兼材置き場に姿を見せた。

「伊那造の親父さん、小夏よ、こいつが新たに弟子入りしてきたとぼけの銀次（ぎんじ）だ。生まれは江戸だが川向こうの本所（ほんじょ）育ちだ」

と紹介した善次郎が、

「三味線の棹を造らせたら小三郎店一の名人伊那造親父さんだ、挨拶しねえ」

「へえ、おれ、南本所石原町の貧乏長屋で育ちました。名前は銀次ですが、うちに銭があったためしはございません」

と伊那造を見て言ったが、

「南本所と言ったら御米蔵の向かいあたりかしら」

と小夏が笑いひとつ顔に浮かべない無言の父親に代わって訊き、

「へえ、御米蔵の向こう岸の少し北側で石原町入堀のどんづまりです」

と答えた銀次が眩しそうに小夏の顔を見た。

「銀次さん、いくつ」

「十五でさあ」

「わたしとおっつかっつか」

と小夏が言い、善次郎を見た。

「おお、おれが弟子入りしたあと三、四人が小三郎店に来たがさ、みんなひと月もしないうちにあっさりとケツを割ってさ、おりゃ、いつまでも玄治店の下っ端弟子だよ。おれも下にひとりふたり欲しいとこさ。とぼけの銀次なら、なんとなく落ち着くんじゃないかと思っているのだ。どうだ、とぼけ、長続きしそうか」

「おれですかえ、今朝がたまでいつ辞めてやろうかと考えてましたがね、小夏ちゃんといっしょに仕事ができるならば、しばらく玄冶店に落ち着いてもいいかと考え直したところでさ、善次郎兄さん」

と銀次が漏らし、伊那造が嫌な顔をした。

「小夏、分かったな、とぼけの銀次の呼び名のわけが」

「善次郎兄さんよりもとぼけていることは確かね。わたしといっしょに働いてもらうのは、この材置き場の材の整理がつくまでの間よ。銀次さん、奉公は初めてなのよね」

「こいつ、石原橋(いしわらばし)の荷船宿(にふなやど)で小遣い稼ぎの仕事をこの二、三年繰り返してきたらしい。だがよ、三味線造りの職人仕事があると客かだれかに教えられて、やってみたいと荷船宿の親父さんに相談したら、三味線ならば竈河岸玄冶店の小三郎親方が江戸一だって連れてこられたんだ」

「荷船宿で信用されていたのね」

「へえ、大川のことはとくと承知です」

「ところがさ、こいつが知っている江戸は本所深川界隈と大川の水の上でさ、城近くの魚河岸も芝居町も、まして竈河岸なんて全くご存じないのよ。そんで親方に命じられてこの数日、日本橋を中心に江戸ってとこがどんなとこか教えて回っていたのさ」

小三郎親方らしい新入り弟子の扱いだと小夏は感心した。

「善次郎兄さん、わたしも本所なんて詳しくないわ」

「と言う小夏はこいつの住む貧乏長屋が御米蔵近くと承知していたじゃないか。こいつの江戸はさ、繰り返すが本所深川、それと大川の流れで成り立っているのよ。

日本橋の真ん中に立たせて千代田のお城ごしに富士のお山を見てぶっ魂消ていたぞ。銀次になにか取り柄はあるかな」

と首を傾げた善次郎に、

「兄さん、力はあります」

と作業場の隅に置いてあった角材を見た。

「伊那造親父さん、あいつが棹造りになる角材ですか。抱えてもいいですか」

と一応断った。

伊那造が無言でうなずくと銀次が長さ十尺（約三メートル）余、かなりの重さの異国産の硬木をあっさりと抱え上げて、肩に担いでみせた。これらの材は暑いところに育ち、木っ端（こっぱ）を水に浮かべると沈んでしまうくらい硬く重い。

「確かに力はありそうだな」

と善次郎が感心した。

銀次は善次郎より背丈は六寸（約十八センチ）ほど低かったががっちりとした足腰をしていた。荷船宿で働いていたせいだろうか。肩に担いでいた角材を、

「二階に運び上げますか」

と伊那造を見た。

「銀次さん、その角材、お父つぁんが作業場で切り分けて棹造りに向いているかどうかを下調べしてから二階に上げるの。まだここでいいわ」

小夏の言葉に、へえ、と答えた銀次が材をもとの場所に戻した。

「お父つぁん、私たちに二階の材にどんなものがあるのか一つひとつ教えて」

と娘が願って四人で二階に上がり、仕事が始まった。

一見乱雑に棚に置かれているように見えて、伊那造は一本一本の履歴（りれき）を承知していた。ただ、仕入れた順に棚の奥から置いていたから、仕入れたにもかかわらず奥の棚にある材のことを忘れていたか、

「おお、こいつはいい棹になる異国産の花梨（かりん）よ。何年も前に三味線になっていて

もおかしくねえや」

　と独りごちた。

　棹は桜材と樫材が主と前記したが、当代の小三郎親方は、硬木の花梨で棹造りをなすことがあった。異国産の花梨は南の琉球を経由して泉州堺に入り、そこから江戸の銘木店が仕入れる。それらの何本かを玄冶店が保管していた。桜や樫より硬い木で枘（ほぞ）の細工がたいへんだった。それでも花梨の縞（しま）模様が美しいゆえ、三味線好きには人気があった。が、遠くから運んでくるのでそう容易（たやす）く入手できなかった。

「ほらね、こんな風にお父つぁんだって大切な品を忘れることがあるでしょ。この花梨が泣いているわよ」

　と娘に言われて伊那造は黙り込んだ。

「お父つぁん、棹造りの桜材と樫材と胴に用いる桑材は、仕入れ順に適当に棚に突っ込むんじゃなくて、別々の棚に分けておいちゃいけない」

「材の整理はおめえが言い出したことだ。おめえの好きなようにやってみろ」

　と伊那造が言った。

「善次郎兄さん、なにか考えがある」

小夏が父親の返事を受けて善次郎に尋ねた。

「そうだな、小三郎店の客はよ、三味線をとくと承知の衆だよな。それに使い道がそれぞれ異なって注文が厳しい。最前の花梨のような注文もある。中村座の囃子方、三味線のお師匠さん、魚河岸の旦那衆とそれぞれあれこれと注文があらあ。

小夏が言うように、棹と胴の材の乾燥具合を確かめてから別の棚に分けるのはまず最初の仕事だな。そしてよ、うちがいつ仕入れたか、育った土地はどこか、一つひとつに大雑把に認めておくほうがいいな。まず、伊那造親父さんに一つひとつの材の特徴を話してもらい、小夏が角材の隅に短く特徴を墨で書いていかないか。そしたら、おれたちが棚ごとに分けて移すからよ。細かい分類はそのあとだ」

「分かったわ」

「仕入れ値を含めて細かいことは小夏がさ、親父さんに訊いて『三弦師小三郎店仕入れ簿』みたいな帳簿をこさえて書き留めていくんだな。むろん、仕入れ値なんぞは親方に訊かなきゃなるめえ。おれと銀次の手伝いは十数日もあれば済む。だが、一本一本の材の特徴を帳面に書き留めていく細かい作業は何年かがかり、それも終わりということはない、常に乾燥具合なんかを確かめていなきゃなるまい。だが、そいつが出来上がったときには、三弦師小三郎店の欠かせない帳簿になるぜ。どうだ、やれそうか、小夏よ」

「善次郎兄さん、きっとやってみせるわ。見ていてよ」

「ああ、小夏ならやれる、きっとやれるな」

　と善次郎が言い、小夏が父親を見た。

「善次郎、小夏とおめえはウマが合うようだな。職人は勘と手先が命と思ってよ、これまで生きてきたが、時世が変わったかね。読み書きも要れば、あれこれと新しい工夫のために知恵も要るな」

「親父さん、五代目の小三郎親方は、これまでの三味線とは違った楽器を、四弦の三味とか、極太棹の三味を考えておられますぜ。弟子のおれたちは昔ながらの技量を習得するだけじゃなくて、親方の企(くわだ)てに応えなきゃなりますまい」

　そのとき、小三郎親方が善次郎に三味線長屋の材置き場の整理の手伝いを命じたのは、伊那造の棹造りをじっくりと見せたい願いがあってのことではないかと、伊那造も小夏も思った。ただ材置き場の整理に力を貸すだけに来させたのではないのだ。

　十四歳の小夏は親父が棹造りの職人だけにあれこれと承知していた。一方、昔ながらの三弦職人衆は、小夏のような娘といっしょに仕事なんかやれるかという考えの持ち主だった。

「三弦職人として中途半端な口を利くようだが、三味線の昔ながらのよさに新しい技量を付け加える仕事は、おれの上の兄弟子たちにはできねえや。

三味線を造れなくても、新しい三味線を造る思いつきや知恵を承知の小夏ちゃんの存在を五代目は高く買っておられますぜ。おりゃ、小夏ちゃんの知恵を借りて新しい三味線を造る手伝いがしてえ。いけませんか、伊那造の親父さん」

「善次郎、そう信じているのなら、これまでにない新しい三味線造り、最後までやり通しな。

いいか、兄弟子だ、弟弟子だなんて職人仲間の上下はどうでもいいや。ただし小三郎店の変わり者のおれの前ではいいが、柱六たちの前で口幅ったいことは決して言ってはならねえ。おまえが浮き上がることになる」

「分かってます」

と善次郎が己に言い聞かせるように首肯した。

一日目、昼餉は三味線長屋の板の間で、朝の間に仕度していた浅蜊の炊き込みごはんの握りめしと、青ネギと海苔の素麺を四人で食べた。

「とぼけの銀次、どうしたえ、最前から口を利かないようだが」

と善次郎が新入りの弟子に質した。

「へえ、おりゃ、材置き場の力仕事の手伝いだとばかり思ってましたんで」

「なにか違っていたか」

「へえ、ここにいる三人とおれはまったく違うというのが分かったぜ。

伊那造親父さん、小夏ちゃん、そして、善次郎兄さん、三味線が好きで好きでたまらない人ばかりだ。おれは、未だおれが三味線造りが好きか嫌いかすら考えることができねえや。どうすりゃいいいんだ」

善次郎が小夏を見た。

「銀次さん、玄冶店に弟子入りして何日目なの」

「今日で四日目かな」

「うちのお父つぁんは三十三年かな、玄冶店に世話になって。善次郎兄さんだって八年目に入ったのよ。

わたしはこのふたりとは違って職人ではありません。でも、三味線との付き合いは物心ついた折りからでした。四日目で親方が三味線長屋の材置き場を見てこいと命じられたのは、ただの力仕事の手伝いではないと思わない。

三味線の材がどんなものか、それで棹の下拵えをするとはどんなことか、親方は、銀次さんに三味線とはどんなものか知ってもらおうと思って、お父つぁんの仕事場と材置き場を見せたのよ。分かるかしら」

「へえ、なんとなく感じます」

「銀次、今はなんでも見聞きして親方や兄い連の言うことを聞いていればいい。そうすればおめえに三味線が寄り添ってくるぜ」

善次郎の言葉に伊那造はいつものように無言で応じたが、娘の小夏が、

「善次郎兄さんの言うことは、やっぱりすごいわ、七年苦労した甲斐があったわね」

と褒めた。

その日、三味線長屋の作業場から玄治店に戻る折り、善次郎は銀次を猫稲荷に案内して、黒猫の前で、

「猫稲荷は竈河岸の守り神だ。銀次、おめえもよく猫稲荷と黒猫に、立派な三味線造りの職人になるようお願いしねえ」

と命じた。

「兄さん、この黒猫、オスだよな。それに若いや」

「おまえ、承知か。三歳くらいまでの若い黒猫のオスが、三味線造りの皮張りの皮にいいってことをよ」

「おお、だれだったか、兄さんらが黒猫の皮を見せてよ、なぜ、三味線の皮にいいのかね、と喋（しゃべ）っているのを聞いたことがある」

「そうか、よく聞き逃さないで覚えていたな」

と褒めた善次郎の足元にクロが寄ってきた。

「あれ、善次郎兄さんにこいつ、すり寄っていったぜ。名はなんてんだ」

「この界隈では猫稲荷に住み暮らす猫に決して名はつけちゃならないんだ。情が移らないようにな」

「えっ、猫稲荷の猫は守り神だろ。皮張りに使うこともあるのか」

「いや、そんな話じゃねえ。この黒猫をひそかによ、クロって呼び始めたのは小夏だが、こいつ、小夏やおれには心を許しているのよ、五代目も猫稲荷の黒猫が三味線の皮張りにうってつけと承知だが、こいつが三弦工房の三味線になることはねえ、最前も言ったが守り神だからよ。銀次、おまえもクロに好かれるようになると三味線造りが好きになるぜ」

「そうか、竈河岸では猫稲荷のクロに好かれるのが新入り弟子の最初の仕事か」

「おお」

と言った善次郎が、足元にすり寄ってきたクロに小夏がひそかに持たせてくれた煮干をやった。するとクロが嬉しそうに食べ始めた。

「なんだ、クロに好かれるためには煮干をやればいいのか」

と銀次が言うと善次郎が煮干をひとつ銀次に差し出し、やってみろ、という風に仕草で命じた。

「なに、クロが好きになるように煮干を食わせろってか」

言いながら銀次が、

「ほれ、おりゃ、玄治店の三味線造りの新米だ、よろしく頼むぜ」

と突き出したが、クロは見向きもしなかった。

「あれっ、なぜおれの手の煮干を食わねえよ」

「クロが信用するのは煮干のせいじゃねえ。猫が人を信頼したとき、初めて煮干を食ってくれるのよ。銀次、分かったつもりなのが、職人でもなんでもいちばん厄介（やっかい）だと思わねえか」

善次郎の顔を手に煮干を持った銀次が正視した。

「おりゃ、弟子入りして何年目かに初めて親方に三味線長屋の伊那造親父さんの作業場に行かされた。それをおめえは小三郎店の弟子になって四日目にして、伊那造親父さんの仕事ぶりを見た。これから二階の仕分け場の作業が続く間は、伊那造親父さんの棹造りが見られる。銀次、今は分からなくてもとくと見ておくのだ」

「へえ」

「おれたちふたりはよ、親方に選ばれて明日からの材の仕分けを手伝うんだ。力仕事と思うな、三味線造りの第一歩と思え」

との善次郎の言葉の意味を無言で銀次は考えていた。

「おれの言うことが分からねえか」

「いや、善次郎兄さんの言葉は身に染みるぜ。だがよ、おりゃ、まだなにも分かっちゃいねえ」

「おれも銀次もこれからよ。おめえはまずは三味線を好きになれ」

と言った善次郎が銀次の手にある煮干を取るとクロにやった。

「親方を信じろ、伊那造親父さんの棹造りを信じろ、小夏の三味線好きを信じろ。そんで、クロに信頼されるようになれ」

「へえ、なんでも一日で成ることはねえというのを今日覚えたぜ、善次郎兄さん」

「それでいい。いいか、三月（みつき）はケツを割るな」

と言った善次郎が、ふたつめの煮干を食べる黒猫に、

「クロ、また明日な」

と別れを告げて木橋を渡り始めたが橋の真ん中で銀次を振り返り、

「こいつを竈河岸の入堀に落としてみろ」

と差し出したのは棹にするために四年乾燥させた異国産の材の木っ端だった。むろん伊那造の棹造りで出た木っ端だ。

銀次が黙って受け取り、欄干（らんかん）越しに木っ端を落とした。すると木っ端は、ぽとんと小さなしぶきを上げて浮かび、静かに沈んでいった。

「鉄のように硬い材を細工するのが伊那造親父さんの仕事だ。明日からおれたちは徒（あだ）やおろそかに親父さんの仕事を見ちゃならねえ」

と善次郎は己に言い聞かせるように言った。

ふたりの三味線長屋通いの初日が終わった。

第二章　小夏の怒り

一

善次郎と銀次のふたりが三味線長屋の材置き場の整理を手伝い始めて、十一日が過ぎた。最初の四日こそ玄治店に戻っていたが、善次郎と小夏が話し合い、作業場に泊まり込んで仕事ができないか伊那造に相談すると、

「親方に許しを得てみねえ。思った以上に仕事の量があるもんな」

と応じた。

「おれたち、寝るのは作業場でいいな。夏だもん、大した夜具（やぐ）は要らねえぜ。めしはこの界隈のめし屋で食うのか」

と銀次がそのことを気にした。

「おふたりさん、食事くらいうちで出すわ、心配しないで。なんとしても五代目の親方の許しを得ることが肝心よ」

その夜に親方に相談すると、三味線長屋に泊まり込んでの仕事を許してくれた。そんなわけでふたりは、五日目から玄冶店に戻ることなく夕餉のあとも仕事を続けることになった。

材置き場の整理が順調に終わりに近づいたこの日、銀次が一本の角材を手に、

「三年物の上々吉の奈良の桜材だぞ」

と言うと小夏が、

「京の嵐山の桜よ。乾燥して色変わりして大和奈良と山城嵐山の桜は見分けがつかないかもしれないわね。でも、銀次さんったら、桜、樫、桑、花梨は区別がつくようになったじゃない。小三郎店の五代目の新弟子さんはよく頑張っていると思わない。善次郎兄さん」

「おお、途中で音を上げると思ったが、よう三味線の材が銀次の手に馴染んできたぜ」

と善次郎も褒め、

「褒められたところでよ、おれたちふたりの伊那造親父さんと小夏の手伝いが終

わったな」

「おお、終わった」

と善次郎が二階の棚を見回した。

材の種類、育った土地、乾燥年期などを勘案してきれいに分類がされて、以前よりすっきりして棚も広々と見えた。さらに一階の作業場に置かれた長材もきれいに整頓された。

その上、小夏が棚の上に材の特徴を墨字で小板に書いて善次郎が打ちつけてくれたから、素人(しろうと)でもどんな材か分かるようになった。

その場に伊那造が姿を見せて三人の仕事を確かめ、ぼそりと、

「ようやった」

と言った。

「お父つぁんの口から誉め言葉を聞けるなんて」

「天と地がひっくり返ったか」

と銀次が言い、みんなが笑った。

「明日から三味線長屋に来なくていいなんて寂しいぜ」

と善次郎もしみじみ言った。

「おめえ、棹造りが分かったか」

と伊那造が善次郎に質した。

「へえ、親父さん、木取り、粗削り、中仕上げ、仕上げという順序はおれも一応承知していましたが、実におおまかな捉え方だと分かりました。棹造りにこれほど細かい細工が要るとは思いもしませんでした。おれ、七年修業してようやく棹造りが三味線の基というのを知りました」

木取りとは、木地取りとも言い、三人が整理した用材のひとつを選び、棹の形に切り取ることだ。粗削りは、鉋や鑿や小刀などを使ってさらに削り込み、形を整えていくことだ。中仕上げとは、枘や枘穴をつくったり、溝をつけたりする作業だ。

仕上げは磨きと艶出しだ。

道具を替えて細かい手作業が繰り返されるが、相手が硬木だ、気が抜けなかった。鑿や鉋などの道具は四十種類もあり、それを使い分けて、丹念に仕事するしかない。それに五代目の小三郎は注文主の体つき、手の大きさ、三味線の経験などを踏まえ、細かい要望に応えるように伊那造に伝えてきた。そんな注文が何年待ちまで入っていた。

善次郎の言葉に伊那造が見返した。

「いえ、おれたち、二階で材を整理しながら作業場の親父さんの仕事を見ただけで、棹造りが分かったなんて言葉は容易く使えません。なにも知らないことを教えられたんです」

と善次郎が慌てて言い訳した。

「善次郎、職人は言い訳なしだ。ただ桜材や樫材に向き合い、木によ、こう枘穴を開けろ、溝を彫れと教えられたとおりに仕事をするだけだ」

小夏は驚いていた。

父親の伊那造がよく喋ることにだ。先代の四代目に三味線長屋で棹造りをしろと命じられて以来、独り作業のせいで口を利かなかったのか。

「善次郎、材を知る前に道具を知ることだ。玄冶店で、こんな言葉を聞いたことはねえか」

「どんな言葉です、親父さん」

「おりゃ、字は書けねえ。五代目に字を習え。枘鑿相容れずって言葉だ。道具を間違えると棹造り、いやさ、三味線造りがすべてダメになるって意かね」

枘鑿とは枘と鑿（穴のこと）のことだが、善次郎にはそれすら分からないようで首を捻(ひね)っていた。

「ぜいさくあいいれず、ですかえ、親方に字と意味を尋ねます」

善次郎が真剣な顔で呟(つぶや)き、口の中で伊那造が口にした言葉を繰り返して覚えた。

「うちも寂しくなるわね、お父つぁん」

「おお、寂しくなるな」

伊那造が素直な返事をした。

小夏はこのまま終わるのだろうか、となんとなく伊那造の言動を訝(いぶか)しんだ。なにか察するということではない、ただ漠とそう思っただけだ。

善次郎が銀次を自分の傍らに寄せ、

「親父さん、小夏、この十一日間、お世話になりました。おれたち、玄治店の仕事場に戻り、こちらの経験を生かして修業し直します」

と丁重(ていちょう)に挨拶し、ふたりで頭を下げた。

「わたしたち、これからも竈河岸にいるのよ、そんなご大層な挨拶はおかしいわ」

「小夏、おかしかねえよ。おりゃ、八年目にしてよ、初心に戻って三味線造りに励もうと思ったんだ」

との善次郎の言葉に銀次もがくがく頷いた。

「半月奉公の銀次さんまで初心に戻るの」

「戻りようがないか」

ととぼけの銀次が照れ笑いをした。

「猫稲荷まで送っていくわ」

といったん前掛けを外しかけた小夏がその形のままふたりに従って、竈河岸の稲荷社に向かった。

「善次郎兄さん、正直言うとお父つぁんがあんなに喋る人だなんて考えもしなかったわ。ふたりが手伝ってくれたことが気に入ったのね。そのせいかな、楽しい十一日間だった。こちらこそありがとう。それが言いたかったの」

「ああ、おりゃ、親方の命で久しぶりに三味線造りの基を思い出した。いや、それは違うな。伊那造親父さんにほんものの三味造りの基はこうだと教えられた」

一行は竈河岸の木橋を渡って小さな赤鳥居の前で拝礼した。

小夏が稲荷社の小さな階に姿を見せたクロを抱くと、

「クロ、明日からはわたしがひとりで来るね」

と言いながら抱き上げ、前掛けの袋に入れてきた煮干をひとつ咥えさせ、ふたりにひとつずつ煮干を渡した。

「わたし、お父つぁんの夕餉の仕度があるから帰るね。また会いましょう」

言い残すとクロを階に下ろし、

「さいなら」

とふたりの顔を見ないようにして木橋を急ぎ足で戻っていった。

「善次郎兄さん、小夏ちゃんは頑張り屋だな。あんな十四歳がいるのか」

「ああ、頑張り屋だ。おれたちも見習って仕事しなきゃあな」

善次郎がそう言いながら煮干をクロにやった。ふたつめをもらったクロはゆっくりと煮干を食べ、銀次の手の煮干に目をやって、
ミャウミャウ
と啼いた。

クロは銀次の煮干にまで関心を寄せて咥え、寝床がある稲荷社の裏手に持っていった。

「おお、クロめ、おれをどうにか覚えてくれたぞ」

「ああ、最後の日によかったな。玄冶店の仕事場に戻ってよ、親方に三味線長屋

の材整理が終わったことを報告するぜ」

　とふたりは駆け出して玄冶店に向かった。

　玄冶店の広い作業場に足を踏み入れたとき、いつもと違う雰囲気を善次郎は感じた。

　この十一日余り、善次郎と新米の銀次がいなかったのだ。ふたりの席は空いていた。だが、それだけではないと善次郎は直感した。兄い連は仕事をしていたが、手についていないように窺（うかが）えた。

「兄さんがた、三味線長屋の材置き場の整理が終わりました。明日からまたよろしくお願い申します」

　と善次郎が願うと、ご苦労だったな、と弟子頭の柱六が応じたが、声音（こわね）も表情も微妙だった。

「親方に報告してきます」

　と言葉を残して善次郎が座敷の親方だけの作業場に入ると、親方が、

「終わったか、三味線長屋の片づけは」

「へえ、思った以上に日にちがかかり申し訳ございません。小夏ちゃんがいなければもっと日にちを要したと思います」

「おお、先代以来の材置き棚に手をつけたんだ。この日数ならば早いほうだぜ。おれはひと月はかかると思っていたんだ。そうか、小夏が頑張ったか」

「へえ、それに伊那造の親父さんが腹を固めたあと、あれこれとおれたち下っ端に助勢してくれましたんで、この日にちで終わったんだと思います」

「ほう、伊那造の父つぁんが手伝ったか」

「はい、材の一つひとつを覚えていて教えてくれたことがおれには驚きでした。小夏ちゃんも親父さんがこんなに喋るのかと驚いていました」

「なに、伊那造の父つぁんがそんな風にな」

「おれが訊いたこと以上のことを半端職人のおれに丁寧に教えてくれました。親方、おりゃ、棹造りをなにも知らなかったんだな。伊那造親父さんがそんなおれに棹造りってのはなにか、材の選び方の初歩から教えてくれました」

善次郎は、伊那造が何年もの間材置き棚の中で花梨などの材をいくつか忘れていたことは告げなかった。それよりあれだけの材を克明に覚えていることに驚嘆したと五代目に報告した。

善次郎の報せを聞いた五代目小三郎の表情がどことなく和んだようだと思った。

「親方、蔵之助兄さんの姿が表にありませんね」

と善次郎は仕事場にいないことを訊いてみた。

「気づいたか。蔵之助は辞めたぜ」

「えっ、辞めたって、玄治店を辞めたってことですか」

「おお、そういうことだ」

蔵之助は柱六に次ぐ二番弟子だ。玄治店の先代以来の古手だった。それが突然辞めたというのは、五代目に抗う所業にも思えた。というのも伊那造の棹造りの跡継ぎは蔵之助と親方が考えていることを善次郎は推量（すいりょう）していたし、独立するならばするで、お礼奉公をするのが職人世界の仕来たりだった。

「日本橋近くの元大工町（もとだいくちょう）の三味線屋、弦辰（げんたつ）に鞍替（くらが）えするそうだ。おれにそのことを告げずに身内の都合と言い訳して三日前に不意に出ていきやがった」

「なんてことだ」

善次郎は言葉を失った。表の作業場の奇妙な雰囲気はそのせいだった。

何十年も務めた職人が辞めるということはそう容易いことではない。まして奉公先が玄治店の競争相手だなんて、善次郎には奉公人の裏切りだとさえ思えた。

「蔵之助兄さん、間違った道へ踏み出したんじゃありませんかね」

「給金が高いそうだが、そんな曰くじゃあるまい」

と小三郎はどこかさばさばした顔つきで言い、

「善次郎、おまえらが頑張ってくんな」

と言い添えた。

へえ、と立ち上がりかけた善次郎が、

「親方、伊那造の親父さんが、『ぜいさくあいいれず』って言葉をおれに教えてくれました。どんな意ですかね、字も思い浮かびませんや」

と訊いてみた。

「なに、伊那造がおまえに『枘鑿相容れず』って言葉を教えたか。四代目の親父がおれたちに道具の使い方のコツを教える折り、よく口にした言葉だな。ここんとこ聞かなかったな。いいか、善次郎、枘鑿とは枘と枘を入れる穴のことだと思え。穴に合わねえ枘を無理に突っ込んで仕事としても、どうにもならねえ、という唐（もろこし）の国の格言らしいや。

伊那造の父つぁんはおめえに、棹造りの前に道具のことをしっかりと頭に刻み込み、手に馴染ませろと忠言（ちゅうげん）したのよ」

「へえ、それが『枘鑿相容れず』の教えの意ですかえ。伊那造の親父さん、おれが道具をとくと分かってねえことに気づいていたかね」

と思わず親方の前で漏らしていた。

「善次郎、おめえ、うちに来て八年目と言わなかったか。道具の使い方を覚えてねえか」

「いえね、こちらで仕事しているときは、鑿も鉋も小刀も一応使えると思うておりました。だがよ、伊那造親父さんの鑿の使い方を見ていたら、おれの鑿の扱いはまだまだ甘いと思い知らされたんですよ。そいつを伊那造の親父さんは察していたんですね」

ふーん、と鼻で返事をした五代目小三郎親方が、

「三味線長屋に泊まり込ませた甲斐があったかね」

と言い、思案するように腕組みした。

「ちょうどよかったかもしれねえな」

「なにがちょうどよかったんで、親方」

「蔵之助がうちを見限って弦辰に行ったことよ。伊那造の父つぁんは、蔵之助がまともな棹造りの跡継ぎになれないことを承知していたんじゃないかね。よし、明日にもおれが三味線長屋に伊那造の父つぁんを訪ねて相談してみるぜ」

と言い、台所に向かっておかみに、

「今晩は験直しだ。みんなに酒をつけてやんな」

と小三郎が怒鳴った。

善次郎が広い板の間の仕事場に戻ると、柱六が、

「おめえ、酒が出るほどのいい土産話を持ち帰ってきたか」

と訊いた。

「柱六兄さん、おりゃ、なんにも土産話なんて持ち帰っていませんぜ。親方は明日、三味線長屋を訪ねるとは申されましたがね」

と善次郎はとぼけの銀次を見た。

柱六の前には高さ四寸（約十二センチ）、幅一尺三寸（約三十九センチ）、奥行き八寸（約二十四センチ）余の樫材の台が置かれて、皮張り途中の胴が置かれていた。小売店からの注文の上品だ。

新入りの銀次の席には一応、台があったが、むろん使い古した鑿と枘穴がいくつもあいて古びた稽古用の桜材だった。

この違いが何十年もの修業の差だった。

「おい、新入りの銀次、ほんとに三味線長屋の伊那造親父からいい話はなかったか」

と善次郎より二年早く玄治店に弟子入りした与助が台の上を片づけながら質した。

「へえ、伊那造の親父さんが最後に善次郎兄さんに、妙なお題目を教えなさったがね、なんだったかな、『せいさくはダメな弟子なりかな』たぶんそんな言葉だ」

「清作はうちにいるがダメな弟子じゃねえ、おめえが箸にも棒にもかからねえ弟子だぞ」

と与助が言った。

「ちがいねえ、銀次は未だ見習職人にもならずだな」

と別の兄弟子の稲五郎が応じた。

善次郎はそんなやり取りを無言で聞いていた。

弟子頭の柱六は、先代の口癖、「杣鑿相容れず」という言葉を思い出していた。

あの伊那造がそれを善次郎に告げたとはどういうことか。蔵之助が不意に玄治店の小三郎店を辞めたことを伊那造が知っているとは思えない。それにしてもこのふたつに関わりがあるのかないのか。

「善次郎と銀次のふたりが三味線長屋で頑張ったおかげで、おれたちは酒が呑めるぜ。ふたりに礼を述べねえ」

と柱六が冗談めかして言い、

「ありがとうよ、善次郎」

とか、

「善次郎ととぼけの銀次のおかげで酒が呑めるぜ」

などとふたりに声をかけたが、善次郎はなにも応じなかった。

二

翌朝、朝餉を食した五代目小三郎は三味線長屋に伊那造を訪ねていった。それを知った与助が、

「柱六の兄さん、親方はどうしたかね。朝っぱらから三味線長屋だってよ。なんだかよ、伊那造親父のところが忙しくならないか」

と言ったが弟子頭の柱六は与助には答えず、

「善次郎、おめえは親方が伊那造の父つぁんと会うことを昨日から承知していたのじゃねえか」

と訊いた。

善次郎は江戸府内にいくつかある小売店に卸す三味線のやりかけと久しぶりに向き合い、仕上げをしようとしていた。

玄治店の五代目小三郎の店が造る三味線には、芸人衆や旦那衆が姿を見せて直に五代目に注文する品と、小売店に卸す同じような出来の品とがあった。

むろん五代目が直に注文を受ける三味線は、この世にひとつしかない道具だけに値も張った。とはいえ、弟子頭の柱六もその値は知らなかった。というより五代目がいくらいくらと客に値を言うのではなく、注文主はまだ見ぬ己の三味線に、

「五代目、これで拵えてくださいな」

と袱紗包みを置いていくのだ。

柱六は、ちらりと見た袱紗包みから察して包金四つ、百両が相場とみていた。

一方、小売店から注文が来る品は、三種類の値によって売られる三味線だ。それでも三種のうち、甲の三味線の甲三味は小売店で、五両前後の値で売られていた。三味線を習いたいからといって容易く買える品ではない。丙三味でも一両一分だ。現在の価格では七、八万円はするだろう。

この小売店で売られる甲乙丙の三味線を弟子頭の柱六から与助らまでが拵えていた。

善次郎もまた小売店の注文の品の一部を造らせてもらっていた。柱六らが造る小売店用の胴のために、

「桜材の木取りをしな」

と命じられて、胴の表面に縞目が美しく出るように胴の中ほどを高く、左右上下にゆるい丸みをつけるように削っていく作業を命じられることもあった。

あるとき、小三郎親方が、

「善次郎、小売店の品を造りてえか」

と訊いたことがあった。

善次郎がすぐに答えられないでいると、

「おめえは、そうだな、乙三味くらいなら、今でも頭から最後まで立派にやり遂げようぜ。だが、それだけのことだ」

と言い切った。

善次郎は五代目の言葉を沈思していた。

「善次郎、三味線の大事はどこだ」

「へえ、皮張りです」

「いかにも皮張りだ。三味線の良し悪しは皮張りで決まる。皮張りの張り具合で

三味が良くも悪くもなる。その曰くはなんだ、善次郎」

「へえ、三線が醸し出す余韻だと思います」

余韻という言葉を使うのは小三郎親方だけだ。そいつを覚えていて使ってみた。

「余韻とはなんだ」

親方の問いに善次郎は答えられなかった。自分の言葉のただの受け売りと親方は承知していた。

善次郎は五代目の小三郎の皮張りに立ち会ったことがあった。黒猫のオスの皮をぎりぎりまでのばして張りつける作業は、三味線造りの要だと思った。

五代目の額に汗が光っていた。

「言ってみろ、善次郎」

「へえ、若い猫の命が醸し出す音色だと思います」

「おお、そのことよ。そのことを三味線造りは決して忘れちゃならねえ。生き物の命が込められた音色が余韻を創り出すのよ」

と言った小三郎が、

「おめえには、いいか。小売店の三味線を最後まで造らせることはしねえ。三味線造りの工程の一つひとつの極みをおめえなりに見つけねえ」

という小三郎の言葉を、善次郎は胸の中に刻み込んでだれにも話すことはなかった。


「弟子頭、なんとなく察していました」

と善次郎は、最前の柱六の問いに答えた。

「蔵之助兄さんが弦辰に移ったことと関わりがあるかもしれません」

「まず間違いねえや」

と柱六は言い切った。

「玄治店じゃあ、伊那造の父つぁんだけが玄治店ではなくて三味線長屋の作業場で独り働きだ。なぜだと思うよ」

「弟子頭、四代目の親方が命じられたと聞いております。孫弟子のおれが推量するなんてできませんや」

「おめえだけは承知と思ったんだがな」

と柱六が言ったが、善次郎はその言葉に迂闊に返事ができないと思った。

ふたりの問答を弟子たちが聞いていたが口出しはしなかった。

善次郎のことを五代目が目にかけているのは弟子のだれもが承知だった。そのことに気づかないふりをした善次郎は、平静を保っていた。

二番弟子の蔵之助が他店に移ったのには善次郎の存在が関わっていることだとも、弟子たちは薄々察していた。が、それ以上のことは弟子頭の柱六が言い出さないかぎり、作業場で話柄に上ることはなかった。

五代目の小三郎が玄治店に戻ってきたのは昼前だった。

「親方、どこぞに三味線長屋から回られましたかえ」

と柱六が訊いた。

「いや、久しぶりに伊那造の父つぁんと話し込んでいてな、こんな刻限になった」

と言った小三郎が、

「昼飯前におめえと善次郎に話したいや。奥に来な」

とふたりを呼んだ。

弟子たちが、

「なんだ」

という顔をしたが、親方に質せる雰囲気ではない。

ふたりが親方のあとについていくのを稲五郎たちは黙って見ていたが、三人が

仕事場から消えたあと、

「稲五郎の兄さんさ、蔵之助の兄さんが弦辰に移ったことと関わりがあるよな」

と与助が今や二番手の古手になった稲五郎に質した。

「まず間違いあるめえ。それにしても弟子頭の柱六兄さんが呼ばれるのは分かるが、おめえより下の善次郎がいっしょというのはどういうこった」

と稲五郎が首を捻った。

銀次は兄弟子たちの不安げな顔を見ていた。弟子の中で若い善次郎への親方の信頼が厚いのはなんとなく察していた。

「銀次、おめえ、なにか知ってねえか」

といきなり与助に質された。

「えっ、おれがですかえ、おれ、玄治店に来て半月が過ぎたばかりですぜ。右も左も分かりませんや」

と返事をしたが、

「その半月の半分以上の時を善次郎と過ごしたよな」

と与助は念押しした。

「兄さん、おりゃ、三味線長屋がなにか、なんで角材が長屋にたくさんあるのか、見当もつきませんでした。小夏ちゃんがいて、ど素人のおれにあれこれと教えてくれたんで、あの角材が三味線になるってのを知ったくらいだ。善次郎兄さんがなにを考えているかなんて、分かりませんや」

と銀次は言い切った。

「与助、おめえの新入りの頃を思い出せ。ひと月も奉公してねえ、銀次になにが分かるかよ」

と稲五郎が言い、

「蔵之助兄さんが鞍替えして以来、玄治店がざわついていらあ。だがよ、仕事に差し障りがあっちゃならねえ、いいか、五代目が決めなさることは、おれたち、弟子は黙って受け入れて、淡々と仕事を続けるだけだ」

と言い添えた。

だが、銀次には二番弟子になった稲五郎がいちばん上気(じょうき)しているように思えた。職人の奉公先で一番格が上がるなんてことは滅多にないことだ。そいつを半月余りの奉公で銀次は察していた。

(おりゃ、辛抱できるかな)

と思っていると、玄治店の弟子の中でいちばん無口な正太郎(しょうたろう)が、

「稲五郎兄さん、蔵之助さんが辞めたからってなにも変わりませんよね。おれたちの三味線造り」

「ああ、変わりねえな」

と稲五郎が平静な顔に戻して応じた。

銀次は桜の板に鑿で枘穴をあけながら、

(三味線長屋の材置き場の作業、楽しかったな)

と思い出し、玄冶店にも娘がいれば雰囲気が違うがな、と思いながら鑿の頭を木槌で叩いた。

「新米、ぼうっとして道具を使ってねえか、木槌が鑿の頭から外れているぜ」

と与助が注意した。

「あっ、兄さん、すんません」

「おめえも玄冶店が妙に浮ついたときに奉公に来てよ、あっち行け、こっちに戻れと言われて落ち着かないよな。ここは辛抱どきよ、我慢しな」

と与助が己に言い聞かせるように言った。

そのとき、奥座敷の仕事場から柱六と善次郎のふたりが作業場に戻ってきた。善次郎は複雑な表情を見せ、いつもより緊張しているように銀次には見えた。

「おい、親方から話があらあ。皆、とくと聞け」

と弟子頭が言い、五代目の小三郎が姿を見せた。

「皆に話がある。蔵之助がうちを辞めたことは致し方ない、当人からの申し出だからな。やつの鞍替え先は、もはやおめえたちも承知のように元大工町の三味線造りの弦辰だ。うちで覚えた技量と経験があちらで生かされれば、それにこしたことはあるめえ」

とさばさばした声音で告げた。

「五代目、相手の弦辰から挨拶はなしですかえ」

と訊いたのは二番弟子に上がった稲五郎だ。

「ねえな」

と短く返答をした小三郎が、

「どこのお店でも弟子のほうから鞍替えを願うことがあるだろう。だが、何十年と奉公した大事な弟子をもらい受けるにはそれなりの仁義というか、挨拶があってしかるべきだろう。だが、最前言ったように、弦辰からはなんの挨拶もねえ。弦辰がかような店だと分かったのはいいことかもしれねえ」

と前置きした。

「蔵之助から、おれには『身内の都合で奉公を辞めざるを得なくなった。親方、すまねえが許してくれめえか』との申し出があったゆえ、うちではあいつが奉公した歳月に相当する金子を与えて表に出した。まさかその足でよ、同業の弦辰に飛び込むなんて考えもしなかったぜ。あいつは、弦辰の弟子頭で迎えられたそうだ」

弟子たちの間から非難の叫びが上がった。

「このことを知らされたのはとある客筋からでな、おれも魂消たぜ。最前も触れたがどんな仕事場にも礼儀もあれば習わしもある。こんなことが世間に罷り通るなんて、ふざけてやがる」

五代目小三郎の声音は淡々として感情を抑えていた。それなのに新入りの銀次にも親方の怒りが察せられた。そして数日、面を見ただけの二番弟子の蔵之助の非道に言葉を失っていた。

「五代目、うちから弦辰に文句をつけないんですかえ」

「そいつをしたところで、これまで挨拶のひとつもない三味線造りの辰吉親方がどんな態度を取るか、察しがつこうじゃないか。そう思わないか、稲五郎」

「へい、確かに」

「おりゃ、こたびの一件は三味線造りの出来で白黒つけるしかあるまいと考えた。いいか、玄治店の三味線がこれまで以上に贔屓筋に満足して使っていただけるように、おめえたちもしっかりと己の仕事をしねえ」

五代目の言葉をどう考えていいか迷ったのか、弟子たちから即答はなかった。

「おい、おめえら、五代目の言葉が耳に届かねえのか」

と激しい口調で柱六が叫んだ。

「親方、分かりました」

と慌てた一同が和して応じた。

善次郎は最前から無言で仕事場の端に立っていた。なにを考えているか、その顔から察しはつかなかった。

「おめえらに話がもうひとつある」

と気持ちを鎮めた小三郎が付け加えた。

「おれは三味線の基ともいえる棹造りの達人、三味線長屋の伊那造の父つぁんに相談した。うちで格別な注文に応える棹造りをやれる職人は伊那造の父つぁんひとりだ。その跡継ぎをおれは、なんとなく蔵之助に託していた。こんどの一件のしくじりは、伊那造の父つぁんに相談せずにおれの早飲み込みで蔵之助の気性と技量を信じたことだ。みんなに迷惑をかけてすまなかった」

となんと三味線造りの達人にして五代目小三郎が弟子に詫びて頭を下げたのだ。

柱六と善次郎のふたりを含めた弟子たち全員がぶっ魂消た。

職人世界で弟子たちに出来事を詳細に説明した上で、己のしくじりを潔く認め、詫びるなんて聞いたこともないからだ。

「五代目、わっしらに責めがないとは言えないぜ。蔵之助のここんところを見ていてな、なんぞ企てているように見えたんだ。親方が棹造りの伊那造父つぁんの跡継ぎとまで認めてきたにも拘わらず、その信頼を裏切ったばかりか、玄冶店のおれたちにまで後ろ足で砂をかけていきやがったんだ。悔しいぜ、哀しいぜ」

と柱六が涙声で吐き捨てた。

うんうんと頷いた小三郎が、

「こんどばかりはしくじりはできねえ。

今朝がたから伊那造の父つぁんとじっくりと話し合い、棹造りの跡継ぎを新たに選んだ。こいつは伊那造とおれとの一致した考えだ」

一同が言葉を切った小三郎を凝視した。

「おれたちの合意を受け入れてくれねえか」

小三郎の話は迂遠に陥っていた。

「親方、わっしら、五代目と伊那造親父の話し合いに否も応もなく従いますぜ。こいつに決めたと言ってくだせえ」

「善次郎だ」

小三郎の言葉に半分の弟子たちが、

(やはりそうか)

という表情を見せ、残りの半分は善次郎を凝視した。

「善次郎は了解しましたんで」

と稲五郎が質した。

「未だ快く応とは返事がねえ。おれには技量も経験も足りないの一点張りだ」

弟子の全員が黙り込んだ。長い沈黙だった。

「親方、最前、なんぞあればだれでも親方に尋ねてよい、と言いなさったね。おれでもいいか」

となんと入門二十日足らずの銀次が小三郎に質した。

「おう、見習いだろうと新米だろうとおれの言葉を聞いた者は、問うてよい」

「ならば、言うぜ」

三

しばし間を置いた銀次が、

「新米のおれにだって伊那造の親父さんが棹造りの名人と分かったぜ。そんな名人と玄冶店の兄さんがたは対等に話せめえ。おりゃ、何日かいっしょに材の棚の整理をしてきて善次郎兄さんが伊那造親父さんと話すのを聞いてきた。

　確かにほかの兄さんがたより経験は足りねえかもしれねえ。技量のことはおれには未だちんぷんかんぷんよ。だから、なにも言えねえ。善次郎兄さんが棹造りをよ、いや、五代目小三郎親方の三味線造りを会得するには長い歳月がかかろうじゃないか。この歳月に耐えられるのは、親方や伊那造の親父さんと気さくに話し合える善次郎兄さんの気性が貴重と、おりゃ思ったんだ。

　蔵之助なんて人情知らずが玄冶店の棹造りの跡継ぎにならなくてよかったぜ、そやつのことなんか、親方の申されるとおりよ、うっちゃっておきねえ。川向こうじゃ、これがまっとうな考えよ、兄さんがた、違うかね」

　なんと新入りの怖いもの知らずが己の考えを述べた。弟子入りひと月にもならない銀次の言葉に兄さん連は言葉を失っていた。

　ふっふっふ
　と五代目が笑い、

「えれえ若いのが弟子入りしやがったぜ」

「五代目、時代が変わったかね、若い野郎たちが玄冶店の三味線造りを引っ張っていこうとしていねえか」

「弟子頭、どうやらそうらしい」

　と小三郎が言い、無言で銀次の言葉を聞いていた善次郎が銀次を見た。

「おれのへ理屈はどうでもいいや。善次郎兄さん、難題に直面した折りは難しい道を選ぶのが川向こうの男のやることっちゃねえか」

　と言い切った。ふたりはお互い本所、深川と川向こうの生まれだった。

　善次郎は口を開かない。

「どうするね、ひと月も経たない新入りに言われっぱなしで引き下がるか」

　と小三郎親方が善次郎の顔を見た。

　善次郎が五代目の顔を正視するとこくりと頷き、その場に正座した。

「親方、兄さんがた、ついで、新米の銀次、聞いてくだせえ。

不肖善次郎、死に物狂いで伊那造親父さんの業前を学びます。しばらくおれの働き方を見ていてくれませんか、お頼み申します」

　額を仕事場の床板につけて願った。

「よう言うた、善次郎」

　と五代目小三郎が言い、

「気持ちが定まったならば即刻三味線長屋に引っ越しねえ」

　との命に顔を上げた善次郎に、

「伊那造父つぁんと娘の小夏から三味線造りの基の棹造りをとことん習うんだ、技を、考えを盗むんだ。おめえが一人前になったと伊那造父つぁんが認め、己自身が得心したとき、玄冶店に戻ってこい。そいつが何年先になるか、おめえの修業次第だぜ」

　と告げた。

「へえ、一日でも早く玄冶店の親方と兄さんがたの仕事場に戻れるように頑張ります」

　と善次郎は仕事場の自分の台の道具を纏め始め、弟子頭の柱六ら弟子たちが黙々と仕事を再開した。

四半刻（しはんとき）（三十分）後、善次郎は、玄治店に弟子入りして以来使い込んできた鑿、鉋、木槌、金槌（かなづち）なんぞの道具一つひとつを丁寧に布に包んだ大風呂敷を背負い、両手にはわずかな身の回りの衣類の包みを持って、玄治店から三味線長屋へと向かった。

善次郎ひとりではなかった。銀次が荷物運びで同行していた。

おかみに、

「あっちにおまえらふたりが寝泊まりした折りの夜具があるのは分かっているが、こんどは何年も奉公するんだ。善次郎がうちで使っていたものを持っていきな。銀次、おまえが運んでやりな」

と命じられ、冬布団や綿入れを含めて大荷物を新米が担いでいた。黙々と荷物を運んでいた銀次が、

「善次郎兄さん、余計なことを言っちゃったな」

と布団袋の間から面を上げた。

「いや、銀次に尻を引っ叩（はた）かれたぜ。これでいいんだ、おれが玄治店に戻ってくるまでに一人前の弟子になっていろよ」

「ああ、善次郎兄さんを真似て頑張るぜ」

と銀次が言い切った。

ふたりの間にふたたび無言が続いたが、

「銀次、おめえはおれより物事の道理を承知のようだ、そいつが最前のおめえの言葉でよく分かった。そんなおめえに余計なことだが、今日は親方もあの場にいたからよ、兄さんがたはなにも言わなかったんだ。おれが三味線長屋に移ったあと、あれこれと嫌がらせもあろうぜ。いいな、おめえならば、兄さんがたの話を素直に聞くふりをする真似なんぞ、お茶の子さいさいだよな」

「案ずるなって、おれたちは川向こうの生まれよ。江戸の竈河岸のように芝居町があってよ、小洒落た置屋のあるところで育った兄さんがたのお節介なんて大したことねえよ」

「とは言うものの。おまえの前に三人が弟子入りしてひと月も経たないうちに辞めていってらあ。銀次、三月、なんとしても頑張ってみねえ。

職人の世界にな、三日頑張ることができれば三月は持つ。三月耐えられれば三年は修業が続けられるという言葉があらあ。おりゃ、辞めていった三人がひと月を前になぜケツを割ったか、察しはつく。おまえならば、三月辛抱すれば玄治店の暮らしや兄弟子との付き合いは分かろうじゃないか」

「おりゃ、大丈夫だって」

と繰り返した銀次が、

「兄さんのほうこそ、どんな塩梅（あんばい）だ」

「伊那造親父さんは口数が少ないが物事の道理が分かったお方だ。まして小夏は、おれたち、話が通じたよな」

「兄さん、おれが言うのはよ、蔵之助の抜けた穴を埋めるのはよ、玄冶店だって意外と大変じゃねえかと思ったのよ」

「おお、蔵之助兄さんが修業した棹造りの二十数年か」

「元大工町の弦辰か、そこへ持っていかれた分、善次郎兄さんの負担にならねえか。短い間に蔵之助の覚えた分に追いつき、追いこさなきゃなるめえ」

「おりゃな、力のかぎり、おれはおれの仕事をこなすだけだ。伊那造親父さんの元気なうちに、技を覚える。蔵之助兄さんは、伊那造親父さんから直に教わったことがあるめえ。この差は大きい」

と善次郎が言い切った。

「余計ついでにもうひとつあらあ」

「銀次、ひと月にもならねえのに、あれこれと厄介ごとに気づいたな」

エッへへへ
と妙な笑い声を上げた銀次が、

「兄さん、玄治店に跡継ぎはいるよな」

「同じ屋根の下に三日も住めば分かることだな。五代目に息子はふたりいるが次男坊は京で修業していなさる。六代目は玄治店の奥座敷で胴造りをしなさる壱太郎さんだ。それがどうした」

善次郎はなんとなく、銀次の「余計」を察したと思った。

「銀次、噂話としては面白いかもしれねえな。だが、この手の話は五代目の小三郎親方が考えなさることだ。弟子頭だろうと親類筋だろうと口出しすると厄介が生じるばかりよ。おめえの思いつきは竈河岸の入堀に投げ込みねえ」

と善次郎が言い切った。

「分かった」

と即答した銀次が、

「善次郎兄さん、猫稲荷に詣でていかないか。お稲荷様とクロによ、玄治店から三味線長屋に修業先が移ったことを報告して、棹造りの修業がうまくいくようにお願いしねえな」

「よかろう」

ふたりが大荷物を負って木橋を渡ると、

「そのほうら、ここをどこと心得ているか。上総鶴牧藩水野家の下屋敷なるぞ。引っ越し荷物を運び込むところではない」

と水野家の門番か、木橋の上で通せんぼをするように立ち塞がった。

「お侍さんよ、おれたち、玄冶店の三味線造りの奉公人だ。兄さんがさ、三味線長屋の作業場に引き移るってんで、その途中よ、猫稲荷社に挨拶しに行くだけだよ。拝礼したらよ、さっさと、竈河岸に戻るからよ」

と北割下水で武家方には慣れた銀次が応じた。

「なに、そなたら、五代目小三郎の弟子たちか」

「へえ、お侍は玄冶店の店を承知かえ」

「竈河岸界隈は芸どころで、小三郎の名は祭礼や新しい芝居のたびに聞かされるでな、名だけは承知だ。さっさと、稲荷社に詣でて竈河岸に戻れ」

と命じられた。

そんな折り、三味線長屋では厄介ごとが生じていた。作業場の伊那造が厠（かわや）に立った最中、どこから紛（まぎ）れ込んできたか、白黒のぶちの犬が作業場の一角の古畳を二枚敷いた上にへたり込んでいた。生まれて半年も経っていない子犬と思えたが、腹を減らしているのか覇気（はき）がなかった。三味線長屋の住人らが近くに寄っても薄く眼を開けるだけで、立ち上がる元気もなかった。

「おまんまを食べてないんだね」

と紛れ込んだぶち犬を見た小夏が長屋に戻り、残りめしに味噌汁や煮魚の残りを加えて作業場に持っていき、目の前に置いてみた。

のろのろと立ち上がったぶち犬が食い物とみて、ちらりと小夏を見たが次の瞬間にはエサに鼻先を突っ込んで必死で食い始めた。そこへ伊那造が戻ってきた。

「なに、迷い犬にエサをやったか」

「いけなかったかしら」

「迷い犬に一度でもエサをやってみろ、居ついてしまうぞ」

との伊那造の言葉に戸惑いがあった。

「致し方ないわ。うちにはこれだけ立派な材があるのよ。番犬として飼ったらどうかしら」

「番犬な」

「ダメなの、お父つぁん」

「確かに不用心だよな、どうしたものか」

と伊那造が答えたところに布団袋を担いだ銀次と、道具を包み込んだ大風呂敷を背負った善次郎のふたりが姿を見せた。

「どうしたの、善次郎兄さん、銀次さん、また玄治店から放り出されたの」

と小夏が驚きの顔を向けた。

「どうしたえ、その子犬」

銀次は小夏の問いに答えるより前にエサを食い終え、満足したぶち犬がその場にへたり込んだのに目を留めた。

そこは一階の作業場の隅で、三味線長屋から一番遠い場所であった。外の敷地に柿と橙（だいだい）の木が植わり、両方ともに緑色の実をつけていた。善次郎と銀次が昨日まで寝泊まりしていた場所だ。

「小夏、おれがこちらに引っ越してきちゃあ、迷惑か」

と善次郎が質した。

「どういうことよ」

「五代目の親方にな、『伊那造の父つぁんに三味線造りの基の棹造りをとことん習ってこい、技を、考えを盗んでくるんだ。それまで玄治店には戻っちゃいけねえ』と言われてよ、引っ越してきたんだがな。銀次はおかみさんに言われて夜具を運ぶ手伝いだ」

善次郎が説明しながらも、小夏が知らない話かと訝しんだ。

「えっ、お父つぁん、朝がた、親方とそんな話をしたの。わたし、知らないわよ」

「おお、言わなかったか。親方と久しぶりに長話したら、おめえもすでに知っている気がしてな」

と能天気な返事があった。

「呆れた、親方もお父つぁんも大人のふたりだけで相談があるって、わたしに話に加わらせなかったんじゃない」

と小夏が父親と善次郎を見た。

「小夏、迷惑かねえ」

「なにもそんなこと言ってないわ、善次郎兄さんさ。話した気になっているお父つぁんに文句をつけたの」

と応じた小夏が、

「ふたりとも荷物を下ろしなさい」

と命じた。

「善次郎兄さんが寝床にしようと話していた作業場の隅に、ぶち犬が先に住んでいねえか」

銀次が夜具を下ろしながら言った。

「お父つぁん、善次郎兄さんとぶち犬のふたりが作業場の片隅に住み込むつもりよ。ちょうど材の番人と番犬でいいんじゃない」

と小夏が考え込む伊那造を見た。

「親父さん、おれが作業場の片隅にワンころと暮らしていいかね。昨日まで銀次と仮寝していたから、ここがいいかと勝手に決めてきたんだがね」

「三味線長屋での住み込みが親方の命ならば、どこにおめえが住もうと勝手だ。めしは長屋で食うとして寝所はここでいいな」

「作業場なら行灯も水場もあれば、なんでも揃っていらあ。衝立を立てれば、二畳間ほどの広さになるぜ」

と善次郎が道具類の包みを背から下ろし、銀次が布団袋を作業場に運びながら、

「おれもこっちで奉公しちゃいけないかね」

と漏らした。

「銀次さんはダメよ。新入りはイロハのイの字からとことん玄治店の作業場で鍛えられるの。こっちはね、なにをするか分かっている弟子だけなの」

と小夏が言い、

「この前はよかったじゃないか」

「あれは二階の材置き場の整理の手伝いをしただけでしょ。三味線造りの修業じゃないわよ、勘違いしないで、銀次さん」

と伊那造の代わりに言った。

「親父さん、道具を出しますんで、おれの台場はどこにしましょう」

「お父つぁんの台場の隣にわたしが設えておくわ。まずふたりの寝所をつくることが先ね」

とここでも小夏が仕切った。

「ワンころはおれの寝所の前でいいな。冬が来る前によ、おめえの小屋なんぞを建ててやるからよ」

と善次郎がひとり合点をして、棹造りの職人見習いと番犬として飼われることになったぶち犬のふたりが三味線長屋の作業場の一角に住まいすることになった。

「銀次、ありがとうよ。おめえは玄治店で頑張るんだ」

「善次郎兄さん、おれのことはそう案ずるなって、うまくやるからよ。ときには三味線長屋に面出していいかね」

「親方か弟子頭の柱六さんに許しをもらってな」

「うちは玄治店の本店とはつねに行き来があるのよ、おそらく新米の銀次さんがその使いを務めるはずよ。そんなわけで毎日とは言わないまでも顔を合わせるわよ」

「ありがてえ」

と返事をして玄治店に戻りかけた銀次が、

「小夏ちゃん、こいつはオスだよな。名は決めなくていいのか、名なしじゃかわいそうだぜ」

「そうね、呼びやすいのがいいわ。ぶちでどう」

「ぶち犬のぶちか。覚えやすいや」

と得心した見習職人が玄治店に戻っていった。

善次郎は布団袋から夜具を取り出し、昨日まで銀次とふたり、寝泊まりしていた作業場の畳の上に布団を広げた。

「おかみさん、うちに夜具がないと思ったのかしら。善次郎兄さんひとりくらいの夜具はおっ母さんが残していったのに」

「おかみさんも承知していなさった。長くなるし、おれが玄冶店で使っていた布団があるんだ。だがよ、こたびは年季奉公だ、

「三味線長屋の作業場に何年も善次郎兄さんが暮らすなんて妙な感じだわ」

「暮らすんじゃない。おりゃ、伊那造親父さんの棹造りの修業に来たんだ。なんとしても親父さんの業前を己のものにしたいや。よし、こっちは寝床ができた。おれの台場を設えよう」

「たいへん、わたしがお父つぁんの隣に作っておくと言ったのにやってないわ」

と小夏が慌てて伊那造の台場に行くと、すでに伊那造が善次郎の作業場を設けていた。

「あら、お父つぁんがやってくれたの、ありがとう」

というところに、善次郎が玄冶店で七年余り使っていた道具を運んできて、

「伊那造の親父さん、本日からよろしく願います」

と改めて頭を下げ、布で包まれた道具を一つひとつ、台場に並べていった。そ

の道具をじいっと凝視していた伊那造が満足げに頷いた。

先代の小三郎親方は、

「おめえらの修業はすべて道具に表れらあ。道具を乱暴に使った職人は一人前の職人にはなれねえ、道具はきれいに使い込め」

というのが口癖だった。善次郎の道具は一本いっぽんが丁寧に使い込まれ、きれいに手入れされていた。

伊那造の満足げな表情に小夏は、

(きっとこのふたり、うまくいくわ)

と思った。

四

翌朝、伊那造が朝餉前に作業場に出てみると、善次郎が台場に何種類かの大小の鑿を置いて仕上砥石で手入れをしていた。それを見た伊那造が、

「善次郎、おれと二階に来ねえ」

と誘った。

伊那造が連れていったのは花梨のある棚だ。

三本しか残っていなかった。どれもが薩摩国支配の琉球を経て泉州堺に入ってきたものだ。

江戸の三味線工房で花梨を使うところはない。

当代の五代目小三郎は強度があり、美しい木肌の花梨をひと目見て、三味線の棹にと思いついたのだ。ちなみにこの花梨、泉州堺では堺鉄砲の銃床に使うつもりで輸入したのだ。

かような花梨や紅木や紫檀を唐木と称して三味線の材に使われるようになるのは大正期以後のことだ。

「善次郎、おれもこの花梨の値は知らねえ。南国育ちゆえ硬木で狂いがねえし、木肌は美しい。おれもまだ使ってねえ。どうだ、こいつを善次郎、おめえ、やってみねえか」

「親父さん、桜材だって、まともに使い込んだのは小売店の注文品だけですぜ。そんなおれに、異国産と思える硬い花梨で棹を造れと申されるので」

「おお、どんな棹材もよ、恐れちゃならねえ。花梨だろうが遠慮しちゃいけねえ。ダメにする覚悟でやってみねえか。棹造りの良し悪しは経験でも技量でもねえや、お互いが初めて接する真剣勝負よ、善次郎がどんな棹にしたいか、そんなおめえの考えを花梨に訴えるのが大事なんだよ、親方に教えてもらった言葉だが、感性がなによりも増して大事なんだよ。花梨とおめえの一対一の命のとり合いなんだよ」

伊那造の言葉に花梨の棚の前で考えた善次郎は、角材の花梨の一本に手をかけた。

「親父さん、こいつにどなた様か、すでに注文があるのでございますか」

「何年も前にこの花梨を見て、三味線と素踊りの名人、にしきぎ歌水師匠が細棹にしてほしいと五代目に頼みなさったものだ。そのお方、時折りおれのとこに来て、まだ手をつけてはくれませんかと催促しに来なさる」

「親方はおれをこちらへ棹造りの修業に来させなさったんだ。そんな弟子のおれが異国産の花梨で棹造り、お客人も親方も許しましょうか」

「善次郎、余計なことを口にするな。五代目小三郎親方はこの伊那造に棹造りを任せていなさる。そのおれが、やってみねえか、と言っているんだ。善次郎、おめえの返答は、やります、やれませんの二つにひとつだ。やれないならばほかの材を探せ」

と伊那造が告げた。

善次郎は花梨の角材に手を触れた。

樫や桜とは違ったひんやりして密度の濃い南国育ちの硬木が善次郎の手に迫ってきた。和国産の樫や桜と違い、花梨は乾燥の歳月が要らぬほどしっかりとしていた。

伊那造は、棹造りは材と職人の真剣勝負、と言った。

善次郎は花梨と勝負するほど経験も技量も足りないと思っていた。だが、いきなり伊那造は善次郎に真剣勝負を求めていた。もはや言い訳はできなかった。おのれの感性と勘で勝負するしかないと覚悟した。

善次郎は、伊那造にとも花梨にともつかずぺこりと頭を下げて、角材を肩にかけた。ずしりとした、

「重さ」

が真正面から善次郎に挑(いど)んでいた。

えらそうに木っ端を竈河岸の水面に落として沈んでいくところを銀次に見せて知識をひけらかしたが、花梨の角材の重さは生半可(なまはんか)ではないと悟らせられた。

一階の作業場に下りたふたりを小夏が迎えた。二階での問答を聞いていた表情

だ。


善次郎が己の台場の傍らに下ろした花梨を小夏は見たが、なにも言わなかった。

「親父さん、注文主のお師匠さんのことはご存じですね」

「おお、おれも小夏も承知のお方だ。この三味線長屋に花梨を見に来て直感で、これにして、とひと言で決めなさった三味線の名手でよ、その後もしばしばここに花梨を見に通ってきなさる、そのことは最前言ったな」

伊那造は善次郎に繰り返した。

もはや逃げ道はなかった。

「おれが会うことができましょうか」

「今はダメだな。おめえの棹造りの目算が立ったとき、おれが五代目を通してお願い申そう」

なんと伊那造は、五代目にも注文主にも、造り手の職人がだれか知らせないと言っていた。善次郎がしくじったとき、棹造りの名人伊那造は大きな痛手を負うことになる。その覚悟をもって善次郎に迫ったのだ。

「親父さん、相手様の体つきとか手足の様子を知らずして木取りをやれと申されるので」

善次郎の問いに伊那造は答えない。しばし作業場に沈黙が支配した。

「善次郎兄さん、生意気言っていい」

と小夏が口を挟んだ。

「おお、なんでも言ってくれ。この花梨の木取りをする前になんでも知りてえ」

「善次郎兄さんはこの花梨を棚の整理のとき、初めて見たわね。なにか考えたことがある」

「小夏、おりゃ、初めて見る異国材の花梨だぜ、幾たびも触ったぜ。あの棚に運んだのはおれだ。そして今作業場に担いできた」

「そうよね。あのとき運んだ折りとたった今、台場に運んできた花梨となにか違った」

「うーむ」

と小夏の問いの真意が分からず善次郎は黙り込んだ。

「花梨は、もはや三味線長屋の材置き場にある一本の棹材じゃないわよね」

「違うな」

「どう違うの」

「そりゃ、おれが今日から木取りをなす一対一の勝負の花梨だからな、材置き場の花梨とは違うよな」

　小夏がしばし沈黙した。

「おお、なにも知らねえさ。だがよ、花梨の木取りをしながら花梨の正体を知っていくのではいけねえか」

　小夏の表情が険しくなり、

「善次郎兄さん、玄治店にその足で戻ったら。もっとも親方が入れてくれそうにないわね」

　と言い放った。

「どういうことだ、小夏」

「善次郎兄さんらしくないわね。焦っているのか、いきなりこの花梨に鑿や小刀を入れる気、花梨と向き合って話をしないの。その程度の職人なの、善次郎兄さんは富士の高嶺のような職人の頂を目指すんじゃなかったの」

「嗚呼ー」

　と善次郎が悲鳴を上げた。

金槌でガーンと頭を殴られ、気を失いかけた、そんな感じだ。

「お父つぁんが最前なんと善次郎兄さんに言ったの。善次郎がどんな棹に造りたいか、おめえの考えを花梨に訴えることが大事なんだよ。親方に教えてもらった言葉だが、三味線造りの基の棹造りには、感性がなににも増して大事なんだよ、これが初めて出会った花梨と善次郎、一対一の真剣勝負の始まりと、そんなことを言わなかった。

聞き流したなんて言わせないわ。そんなんじゃ、魂の入ってない花梨の棹ができるだけよ。花梨が可哀そうよ」

小夏の言葉に、善次郎は真っ青な顔で胸に散らかる考えをなんとか纏めようとした。

三味線長屋の作業場を重苦しいほどの沈黙が支配した。

「おりゃ、なんにも考えていなかった。親父さんの言われたことに、夢にも考えなかった命に舞い上がってしまったんだ。小夏の言うとおり、花梨とおれは互いを知り合おうともせず、いきなり刃物を入れようと思っていた。

親父さん、小夏、すまねえ。おれ独りになってこの仕事をどうする気か、まず己の考えを纏めたい。そんな暇をもらえねえか。夕刻まで必ず三味線長屋の作業場に戻ってくる」

「善次郎、職人仕事は手仕事という者もいる。だが、まず己の思案がなければ、小夏の言うよ、魂の入ってねえ花梨の棹に、出来損ないの三味線にしちまうぜ」

「へえ、半日、暇をくだせえ、とくと自分の弟子修業を今一度思い出してみます」

と願った善次郎は、三味線長屋の親子の前から出ていこうとして花梨の角材に視線を預けた。

長い時が流れたように小夏には思えた。

善次郎がぺこりと親子に頭を下げて作業場を出ていった。とはいえ、どこへ行くかの当てなどなかった。

最初に混乱が収まらない頭に、猫稲荷のクロが浮かんだ。が、独りになって考えると伊那造、小夏親子に願ったのだ。

善次郎は竈河岸に出ると木橋の向こうの稲荷社をちらりと見て、入堀の曲がり角に出た。そこに架かる入江橋（いりえばし）を渡って入堀の右岸に出ると、武家屋敷の前を抜けて川口橋（かわぐちばし）にたどり着いていた。

大川の向こうに生まれ育った深川が望めた。

十三歳で玄治店の五代目小三郎親方の住み込み門弟になって、最初のころは深川が懐かしくてしようがなかった。夜、大部屋で寝につくとき、兄弟子たちに見つからないようにそっと涙を流したこともあった。

が、住み込みに入って一年もしたころか、親方のもとへ中村座の三味線弾きの頭分が訪れて、親方に使い込んだ三味線の手入れを願ったことがあった。中村座の囃子方として老練な中村彦九郎（ひこくろう）だ。手入れが終わったのは三日後だ。

五代目自ら届けるというので、見習いの善次郎が手入れを終えた三味線を持たされて中村座を訪れた。その途中のことだ。

「善公、どうだ。うちに慣れたか」

「へえ、慣れました」

との善次郎の返答に、

「深川に帰りたいんじゃねえか」

「いいえ、玄治店が大好きになりました」

「善公、だれもがな、入門したてのころは布団を涙で濡らすもんだ。もう少し辛抱しねえ、仕事を覚えるとなかなか面白いということが分かるぜ」

と親方が言った。

弟子入りして一年、善次郎の気持ちを親方はとくと察していたのだ。そんなわけで中村座に新米の見習いを伴ってきたのだろう。

中村座の舞台裏の楽屋に中村彦九郎を訪ねた小三郎は、

「彦九郎さんや、手入れ具合を確かめてくんな」

と願うと善次郎に三味線袋から手入れの終えた三味線を出させて、

「師匠、お確かめください」

と差し出させた。

「おお、見習いの善次郎だったな、頑張っているか。なんでもな、三年は我慢するものだぜ。するとよ、芝居も面白くなるし、三味線造りも好きになる」

と五代目が見習いを連れてきた曰くを察したように言い、手入れが終わった三味線をとくと眺めた。

「四代目が拵えた三味線同様に新品になったぜ。いや、長い歳月、三味の調べを奏でて枯淡の道具になったね」

と手入れを褒めてくれた。

その瞬間、善次郎は自分が手入れをして褒められたようで嬉しくなった。

「うちの親父が作った最後の三味線の一張ですぜ、こんなに大事に使ってくれるとこはそうありませんや。四十年近く前の道具ですよ。棹の桜材と胴の桑がなんともいい味を醸し出してきましたね」

「五代目、おまえさんがた、名人二代が触った三味を弾かせてもらおうか。どうだえ、親方、わっしと相弾きしねいか」

と楽屋にあった別の三味線を渡した。

彦九郎が小三郎に渡したのは細棹だった。

善次郎は、玄冶店の工房で調子を見るためにつま弾きくらいは聞いてきたが、中村座の楽屋で囃子方の師匠と呼ばれる彦九郎と小三郎が相弾きするなんて、まさか夢にも思わなかった。

彦九郎の中棹がきびきびとした調べを奏し始めると、小三郎の細棹が余韻嫋々とした音で加わり、善次郎は、いきなり魂をわし摑みされたような気分になった。

ほかの楽屋から囃子方の面々が姿を見せて相弾きを楽しんだ。

どうやら中村座で役者衆の芝居に合わせる曲ではなく、ふたりの即興とも思えた。

なんとも浮き浮きと楽しい刻限を過ごした善次郎は中村座からの帰路、

「親方、ありがとうございました。おれ、十年我慢して三味線造りの一人前の職人になります」

と五代目に告げた。

「芝居だろうが三味線造りだろうがなんでも一人前になるのには、おめえが言うように十年じゃ、ダメだな」

「何年、修業すれば一人前になりますか」

「死ぬまでが修業よ、その折り、なんとかものになったな、と考えられれば、職人冥利（みょうり）につきようというもんだ」

「親方と師匠もまだ修業中ですか」

「おうさ、修業の最中だな」

との問答を善次郎は思い出していた。

あの日以来、善次郎は一年二度の藪入り（やぶいり）さえ、深川の実家に顔を出して挨拶を済ますと、さっさと玄冶店の作業場に戻り、道具の手入れや棹造りの基を幾たびも繰り返して身につけた。弟子の中で自分が一番長く作業場にいて、道具や用材に触っている自信があった。

だが、十四歳の小夏に徹底的に修業の甘さを指摘されたのだ。

久しぶりに善次郎は、富岡八幡宮（とみおかはちまんぐう）の祭礼で聞いた三味線の調べを思い出し、八幡宮の拝殿（はいでん）に詣でて、無念無想で長いこと頭を下げて拝礼していた。そんな善次郎の頭に花梨の肌触りと小夏の厳しい言葉が浮かび、己の甘さを反省した。

あの花梨は遠く異国から和国に届いて竃河岸の三味線長屋にこの数年眠っていたのだ。花梨の年輪は、百は優に超えていよう。空間と歳月を超えて善次郎のもとへともたらされた材を、

（おれはなんということを。無造作に刃物を入れようとしたのか）

愚（おろ）か者以外に言葉が思いつかなかった。

花梨と問答しろと小夏は言うが、どうすればいいのか、そのことを思いつくまで道具を触ることはやめようと思った。

「おい、善次郎じゃねえか、仕事着の形でどうした。玄治店を首になったか」

との言葉に振り返るまでもなく長兄の漁師、八十治（やそじ）の声音だった。

「ああ、この界隈まで御用でな、来たんでよ、富岡八幡宮に詣でていこうと思っただけよ。おりゃ、玄治店に戻るぜ」

と言う善次郎を、爺（じい）様が八十の折りの子で八十治と名づけられた長兄が、

「待ちな、半刻（はんとき）（一時間）ほどおれに時を貸しな。そうじゃなくたって、近ごろ、てめえは家に面出ししねえや。そんなおまえが深川に面出しした曰くをおれに話

しねえ」

と弟の異変を察した長兄が言った。

境内(けいだい)の茶屋で経緯を聞いた八十治が、

「てめえ、この七年、なにをしていたんだ。伊那造親父さんの娘さんは小夏さんといいなさるか、十四歳でまっとうな考えを持つ娘さんなんぞいねえぜ。いいとこに修業に出て七年、てめえでワヤにしてやがる。

いいか、おめえも漁師の倅だ。

魚の命をもらって生きてきたことを忘れた大馬鹿者だ。小夏さんが呆れ果てたのは至極当然だぜ。おめえ、花梨とやらに向き合う覚悟がつくまでこっちに戻っちゃならねえ。それから花梨ととくと話してみねえ」

と、こっ酷(ぴど)く説教を食らった。

善次郎がその日、三味線長屋の作業場に戻ったのは五つ半（午後九時）の刻限だった。

作業場には小夏がいて黙って迎えた。

「小夏、明日からのおれの生き方を見ていてくんな。なんとしても一人前の三味線職人になりてえ。花梨と問答をする」

「だれかと話したの」

善次郎は最初に三味線の調べを聞いた富岡八幡宮で長兄に偶さか会い、問答をした一部始終を告げた。

「そう、兄さんに『魚の命をもらって生きてきたことを忘れた大馬鹿者』と怒鳴られたのね」

「歳の離れた兄いの小言は小夏の次に応えたぜ」

「もはやわたしが出る幕はなさそうね」

と安堵の言葉を残して小夏が三味線長屋に戻っていった。

第三章　棹造り

一

翌朝、小夏が作業場を覗いてみると、ぶちを散歩に連れ出したか、善次郎の姿はなかった。わずかな間、寝についた形跡があって、未明に起きたのか、二畳の寝所はきれいに片づいていた。そして、寝所には花梨の角材が横たえられていた。

小夏は善次郎が寝るときも起きたあとも花梨を眺めているか触っているか、そんな光景を思い浮かべた。

善次郎とぶちが戻ってきた気配に、三味線長屋からぶちのエサを持って作業場をふたたび訪ねた。

エサを見たぶちが嬉しそうに尻尾(しっぽ)を振って小夏にすり寄ってきた。

「善次郎さん、なにか要るものはない」

「小夏が持っているような画仙紙と小筆が欲しい」

「画仙紙には大中小とあるわよ。わたしのは小画仙よ」

「ならば小画仙でいい」

「今日、買い物に出た折りに買っておくわ。間に合う」

「それでいい。あとは親父さんと会った折りに許しを願うことがある。差し当たってはそんなところだな」

善次郎の声音が平静に戻っていることに気づいた小夏は、昨日まで手入れしていた道具類がふたたび布に包まれて台場にないことを認めた。

「朝餉よ。昨日、夕餉は兄さんと食べたのよね」

「おお、食べた」

と答えた善次郎だが、昨日の昼餉と夕餉を食していないことを小夏には伝えられなかった。

朝餉の席で伊那造に改めて愚かさを詫びた。すると伊那造が、

「いい兄さんを善次郎は持っているな」

と言ったものだ。

小夏から昨日長兄の八十治と富岡八幡宮で会ったことを聞いたようだ。

「へえ、おれが初めて三味線の調べを聞いたのが富岡八幡宮でさあ」

「生まれ在所に戻ってみたか」

「なんとなく川向こうに戻ってみたかったんで」

善次郎の返答に親子が頷いた。

作業場に入った善次郎は花梨を寝間から台場に運んできた。

「親父さん、花梨の表面に薄く鉋をかけてはいけませんかえ。花梨の真の木肌が見たいんです」

いいだろう、の一言で伊那造が許しを与えた。

善次郎は仕舞っていた道具類から大鉋（おおかんな）を取り出し、裏金を外すと鉋身を抜いて改めて調べ、鉋身を戻すと裏金を調整した。

ふっ、と息を吐いた善次郎は、鉋を花梨の表面に置くと、一気に滑（すべ）らせた。紅（こう）褐色（かっしょく）の薄皮がのびて花梨の木肌が見えた。

鮮（あざ）やかな色合いで、

（美しい）

と思った。

四面を削り終えると角材の周りに髪の毛一本分の厚さの同じような薄皮が落ちて重なっていた。それを見た伊那造が、

(五代目がおれのところに寄越したわけだ)

とひそかに感嘆した。七年修業の弟子が初めて接した花梨を堂々と削るなんて考えられなかった。

この日一日、善次郎は花梨の表皮を見ながら、仔細に縞模様を見ていた。そして、その口からときに、

「なんてきれいな縞模様なんだ」

と思わず漏れるのを伊那造は聞いた。

昼前、小夏が作業場に姿を見せて、

「画仙紙と小筆を三本、岩絵の具をいくらか買ってきたわよ」

と差し出した。

「おお、ありがたい」

と善次郎が言い、鉋で削った表皮の一部と初めて顔を覗かせた木肌を削った皮を小画仙紙の間に挟み込んだ。

こんな風にして善次郎が花梨と問答をする日々が何日も続いた。

ある朝、小夏がぶちのエサを持って作業場を覗くと、ぶちと散歩に出たと思える善次郎の台場に画仙紙が一枚残されていた。なんとこの花梨を使って拵えようとする細棹の天神から棹までの縞模様が微細に描かれていた。そして胴の部分も絵にあったが、桑材の胴部分四面は単色で枠のみが描かれていた。

しばし考えた小夏は、

「善次郎兄さん、この画仙紙、お父つぁんに見せるわよ」

とだれもいない作業場で断ると、三味線長屋の部屋にいる伊那造に見せに持っていった。

「うむ」

と画仙紙を受け取って見た伊那造が唸った。そして、長屋から明るい表に持ち出し、仔細に凝視していたがなにも言わなかった。

「お父つぁん、この胴に使う桑材もいくらか親方から預っているわよね」

「ああ、持っているぜ」

と小夏に告げた。

「その桑材、善次郎兄さんに渡したらどう」

「胴も善次郎にやらせようってか」

「親方が胴を造り、皮張りするの」

「いや、その話は親方との間にはなかった。すべては棹ができてからのことだ」

「ここまで善次郎兄さんに任せたのよ、どうせなら棹すべてを任せたら」

小夏が言う「棹」とは、三味線一棹、つまり三味線総体を指した。

さすがに伊那造も即答できなかった。基になる棹造りは五代目から任されていたが、胴造りから皮張りとなると、五代目の領分に立ち入ることになる。

「棹造りを善次郎兄さんに任せたことだって親方に話してないわよね、注文主のお師匠さんにも。善次郎兄さんの才をとことん認めてみない。ダメならば親子ふたりで三味線長屋を出るまでよ」

小夏が大胆なことを述べた。

「あいつは、玄冶店では未だ注文誂えの三味なんて触らせてもらってねえんだぞ」

「お父つぁんの口癖はなによ。三味線は経験や手業で造るんじゃない。そやつの秘めた才と勘が三味の余韻をつくるんじゃないの、感性とやらが三味造りを左右するんじゃないの」

「おお、そのとおりよ」

といささか娘に抗いきれず弱々しい口調で応じて、しばし黙り込んだ。

「このよ、絵の棹に見合う桑材は、仏壇の下の木箱に入ってらあ。五代目は棹造りに役立つように、選び抜いた桑材をおれに預けたのよ」

「だと、思っていたわ。善次郎兄さんに渡していいのね」

「おお、やつが花梨も桑材もオシャカにするのを見たくはねえがね」

「そんな心配は、何月かのちにすればいい」

と言った小夏が仏壇のお千の位牌に手を合わせ、

「一棹の名器ができるか、風呂場の焚きつけになるか、おっ母さん、見ていてね」

と願い、古びた木箱を取り出した。棹を造る花梨や桜材の角材に比べれば、ずっと軽かった。

作業場ではぶちがエサの器に顔を突っ込んで食べていた。善次郎が小夏を見て、

「なんだ、その木箱」

と問うた。

「善次郎兄さん、断りもなしに棹の絵をお父つぁんに見せたわよ」

「えっ、あれをか。親父さんはなにか言ったか」

「無言で唸っていたわ」

「ダメか」

「どうしてそう思うの。善次郎兄さんがこの数日、花梨と問答して描いた絵じゃないの」

「おお、そうよ」

と言った善次郎もどう考えていいのか分からないのか、黙り込んだ。

「この木箱の中を見てよ」

善次郎が小夏から木箱を受け取った。

小夏は花梨の棹の絵を台場に戻した。傍らでは善次郎が木箱を開けて、中を覗いた。

「こりゃ、桑材だな。玄治店にもこんないい胴用の桑はそうないぜ」

「と思う」

「おれだって桑材の見方くらい分からあ。こいつをどうしろってんだ」

「兄さん、花梨の棹につく胴に使う桑よ」

「な、なんだって、花梨の棹造りに役立てろってか」

「兄さんの絵には、胴が枠しか描いてなかったわね。この材を見たら、胴の縞模様が描けるんじゃない」

「ありがてえ」

と木箱から取り出した桑材を台の上に載せてしげしげと見た。

「よし、棹の花梨と胴の桑が揃ったんだ。なんとしても基の棹を仕上げるぞ」

と善次郎が張り切った。

「兄さん、棹造りにどれほどかかるの」

「初めて接する材だ、桜や樫より硬いはずだ。日夜精魂込めてひと月か、長くてもひと月半かね」

「で、胴造りにはどれほどかかるの」

「そいつを訊く相手は五代目の小三郎親方だぞ、小夏」

「わたしがなんのために三味線長屋の作業場に花梨と胴の桑材を持ってきたと思う」

「違うのか」

「善次郎兄さんが一張の細棹を造るのよ」

と小夏はあっさりと言い、

「えっ、花梨の棹造りだけではなくて、胴も造れってか」

と善次郎は訊き返した。

「兄さん、玄治店に来て七年修業したんでしょ。一張の三味くらい造れなくて、どうするのよ」

「小夏、おめえに言うのも愚かだが、玄治店の注文の胴は五代目しか造れねえ。それに注文主も、五代目と名指ししてのことだ。もしこの桑材におれが手をつけたらお客に渡せねえぜ」

「兄さん、手をつけなさいよ、最初から最後まで善次郎の『一棹』を仕上げるのよ。その上で親方と注文主を得心させなさいよ。あの花梨の絵が描けるならば、新しい花梨の三味線ができるわよ」

小夏の言葉に善次郎はなにも答えなかった。必死で小夏の言葉を理解しようとしていた。そんな善次郎が小夏を正視した。

口を開く前に小夏が、

「花梨と桑材に手をつけて、ダメだったとき、お父つぁんとわたしはこの三味線長屋を出る覚悟よ」

「なんだと」

と善次郎が小夏を見た。

「わたしが無茶を言っていると思う。いい、伊那造の棹や五代目の胴を超えた三味線を造れなんてわたしは言ってないわ。

善次郎兄さんらしい、新しい感性にあふれた三味を造りなさいと言っているだけよ。いい、花梨や桑材の縞模様や高値かなんて、三味線の音には関係ないのよ。三味線の良し悪しを決めるのは縞模様じゃない、皮張りをした胴よ。いつもどおり淡々と余韻嫋々とした善次郎の三味線を造りなさいと言っているのよ」

善次郎は十四歳の娘の言葉を熟慮していた、思案していた。

長い沈黙ののち、

「おれのしくじりでよ、伊那造と小夏の親子を路頭に迷わせるわけにはいかねえな。この三月、いやさ、半年か。死に物狂いでおれの『一棹』を造ってみせる。それでいいか、小夏」

と覚悟したように言った。

大きく頷いた小夏が、

「兄さん、わたしの傍らに来てよ」

「えっ、どうする気だ」

「黙って従いなさい」

と命じた小夏の傍らに善次郎が立った。

「注文主の師匠の背丈はわたしとほぼいっしょよ、腕の長さも手の大きさもほぼ同じね。ほら、手を触ってごらんなさい」

「いいのか、伊那造親父さんに許しもなく小夏の手を触るなんてよ」

「いい、わたしたち三人、五代目にも注文主にも無断で新しい三味線を造ろうとしているのよ、同罪よ、弾きやすそうな三味線を造るためにわたしの手を触れと言っているのよ」

無言で頷いた善次郎が両眼を閉じて小夏の手を触り、手の大きさを調べた。

「お客のお師匠さんは亡くなったお母さんと同じ歳だった。だから、手の筋肉の付き具合が違うわね、きっと」

と言い切った。

両眼を見開いた善次郎は、いつの間にか伊那造が己の台場に座しているのを見た。小夏が、

「善次郎兄さんはわたしが元吉原の素踊りと三味線の稽古に通っているのを最近まで知らなかったわね。おっ母さんが突然身罷ってあれこれと忙しかったので、この一年稽古場に通ってなかったわ。だから、手が前ほど動かないかもしれない。

けどいい」

と作業場の壁に掛かっていた一張の三味線を手にすると、小夏が善次郎の寝間の古畳に正座して、浄瑠璃から発したというつま弾きを始めた。

善次郎が初めて知る小夏の一面だった。

つま弾きに不意に謡が絡んだ。

「この世の名残り　夜も名残り
死ににいく身を　たとふれば
あだしが原の　道の霜
一足づつに　消えてゆく

夢の夢こそ　あはれなれ」

小夏のつま弾きとか細い声が世の無常を余韻嫋々と謡った。

善次郎は呆然自失して小夏の拙い芸を見た、聞いた。そして、小夏の芸にとらわれているときではない、三味線を弾く体の動きや手の仕草を見よと己に命じた。

「あれ　数ふれば　あかつきの
七つの時が　六つ鳴りて
残るひとつが　今生(こんじよう)の
鐘のひびきの　聞きおさめ
寂滅為楽(じやくめついらく)と　ひびく也(なり)

夢の夢こそ　あはれなれ」

善次郎はほぼ小夏と背丈が同じという清元の師匠の体つきや手の動きを想像した。

不意につま弾きと謡が止(や)んだ。

「分かった、兄さん」

善次郎ががくがくと頷き、

「おれの身内より大事な親子を、おれのせいで三味線長屋から放り出すなんてできっこねえ。なんとしても、親方の五代目と清元の女師匠を得心させてみせる」

と己に念押しした善次郎は、木箱から桑材を出すとじっと眺めていた。

「おれも長いこと毎日桑材を見てきた。だがな、こいつはこれまでに見てきたあまたの桑の中でも三本のうちに入る。縞模様がなんとも美しいや。小夏が言うように確かに縞模様は音色には関わりねえ。だが、弾く人の気持ちを高め、そいつが微妙に音色に関わってくるんだ。この桑から四枚の材を切り出し上下左右組み合わせて造る胴が花梨の棹にからんで、猫皮の皮張りが三味線独特の調べを醸し出すんだ。

いいか、善次郎、おれたち親子のゆく末なんて爪先ほども考えなくていい。無心に集中して、花梨と胴と猫皮に分からねえところは素直に訊き、自分がやりたいことは、素直に説明するんだ。どれだけかかってもいい、おれたち親子はそのときを待っているぜ。分かったな」

「へい、伊那造親父さんと小夏ちゃんの願いに応じます」

と最後に善次郎が言い切った。

二

善次郎は何日も花梨の年輪が創り出す縞模様を眺めていた。

あるとき、隣に座る伊那造が、

「異国産の材でよ、虎の皮のような縞模様があるそうな。そいつを『虎斑（とらふ）』と呼ぶそうだが、おりゃ、見たことはねえ。この花梨はなんともいえねえ縞模様を持ってるな。なんと呼ぶのかねえ、動物の縞模様じゃねえ。歳月が重ねた縞模様をなんと呼ぶべきか、そうよ、『波斑（なみふ）』と呼ぶべきか、そいつを生かさない手はねえ、おりゃ思うね」

と呟いた。

善次郎はその言葉を頭に刻み、この桑材のどこから胴になる四枚の材を切り取るか、胴先はどの部分を使うか、などと試案し続けた。上下左右四枚の材の位置を選ぶために、小筆を取った善次郎が胴の絵図を画仙紙に描いた。そして、ふと思いついたように棹と胴を組み合わせた絵図を描き始めた。描きながら、棹と胴を同じ花梨で造ることもできることを勘で察していた。

小夏はちらりとその絵図を見たが、

（言葉にできないほど美しい）

と思った。

この絵図のような細棹の三味線ができるならば必ず余韻嫋々とした調べを聞かせてくれるだろうと確信した。だが、絵に描いた三味線と実際に造られる細棹の間には言い尽くせないほどの違いが、差があった。

若い善次郎の才と勘で膨大な技術と経験の不足を埋めねばならなかった。

何日も本物の棹と胴を見詰め、絵図に善次郎しか分からない字で書き込みを入れていた。

夏の陽が沈む直前の頃合い、

「親父さん、ちょいと出てきていいかな」

と許しを乞うた。

「もはや、おれはおめえの兄弟子じゃねえや。おめえの行動はおめえひとりが決めるのよ」

と突き放すように言った。

その問答を聞いていた小夏が、

「川向こうを訪ねるの」

と問うと、

「いや、猫稲荷を訪ねるのさ。小夏、行くか」

と問い返した。

「もう夕餉の仕度は終わっているわ。わたしも黒猫に会ってきていい」

伊那造に言葉をかけると、

「好きにしねえ」

との返答が返ってきた。

ふたりは何日ぶりか、猫稲荷社を訪ねた。するとぶちが散歩と思ったか従ってきた。

ふたりの気配にクロが気づき、ミャウミャウ、と啼いて小さな稲荷社の敷地から木橋に飛び出てきて、ぶちを見て不意に足を止めた。

そんなクロを小夏が抱き上げて、

「クロ、うちの飼い犬よ。決しておまえに悪さはしないわ」

と近づけるとぶちも尻尾を振って応えた。

「浜町堀越しに見合ったことはある、おれの朝の散歩の折りな。だがよ、こんな近くで二匹が会ったのは初めてだな。この様子じゃ、クロとぶちは仲良くなれそうだ」

と善次郎が言い、小夏が前掛けから煮干を出してクロにやった。

クロは抱かれながら煮干を食べて、ぶちのそばに下ろされた。こんどは小夏が二匹に煮干をひとつずつやった。

善次郎は小さな赤鳥居を潜(くぐ)ると社に向かって深々と拝礼し、長いこと何事か念じていた。ふと顔を上げて小夏を振り返った善次郎が、

「小夏、数日うちに花梨の木取りを始めるぜ」

と平静な口調で宣告した。

「善次郎兄さんならばきっとやり遂げるわ」

小夏の言葉に善次郎が頷いた。

このひと月あまり迷いに迷った善次郎は、ようやくいつもの職人気質(かたぎ)を取り戻していた。

この間、玄冶店の五代目小三郎は三味線長屋に姿を見せなかった。反対にふらりと伊那造が散策でもする体(てい)で玄冶店を訪れ、親方と会って話し合っていると小夏は察していた。

だが、伊那造が善次郎に託した花梨を使った棹造りと桑を使った胴造りのことをどこまで話しているか、あるいはまるで話していないか推量できなかった。

花梨に善次郎が道具を入れれば、もはや後戻りはできなかった。が、小夏も善次郎も、

「覚悟」

はできていた。

「半年勝負だ、来春には細棹が出来上がっているぜ」

「楽しみだわ」

と応じた小夏が猫稲荷に拝礼し、クロに別れを告げて竈河岸へとふたりとぶちは戻っていった。

この夕餉、三味線長屋で小夏は酒をつけた。ふだんは晩酌などしない伊那造だが、酒が出たのを見て、なにかを察したか、善次郎の膳にあった盃に酒を注ぎ、己の盃にも満たして、仏壇へと盃を上げてみせた。

男ふたりが静かに盃に口をつけた。

伊那造はゆっくりとなにか思案するように呑み干した。一方、善次郎は口をつけたが、舐めただけで盃を膳に置いた。

「親父さん、明後日から花梨の木取りをさせてくだせえ」

「うむ」

と伊那造は短く答えただけでそれ以上の言葉は口にしなかった。

その夜、黙々とした夕餉になった。三人三様の想いに浸っていたが、決して不快な時間ではなかった。

「お父つぁん、訊いていいかな」

娘の問いにしばし父親は間を置いた。

「おれが親方にこの一件を話したかどうかか、そのことだな。親方が知らずに手をつけるのがいいか、知った上で木取りを始めるか、どうだ、善次郎、どっちがいい」

しばし沈思した善次郎が、

「おれ、五代目が知っていなさるか知らずにいなさるか、どうでもいい。大事なことは伊那造の親父さんと小夏ちゃんが青二才のおれを信じて託してくれたことだ。

あの異国産の花梨とおれとの出会いは、あとにも先にも一度こっきりだ。親父さんは真剣勝負と言いなさったがよ、おりゃ、花梨を生かしてやりたい」

と言い切った。

小夏は善次郎を見て、父親に視線を移した。

「善次郎は三味線職人になるのなら、富士の高嶺のような日本一の三味線造りを目指すんだったな。ならば花梨を負かすんじゃねえ、生かす道しかねえ」

「へえ」

と善次郎が言い、膳に置いた酒をゆっくりと呑み干すと盃を伏せて置いた。

善次郎は次の朝、ぶちを散歩に連れ出し、その途中、猫稲荷社に立ち寄って頭を下げた。三味線職人として初めて試される、

「大仕事」

だった。

三味線長屋の作業場に戻ると、手づくりの御幣を飾った花梨に向き合った。

三味線造りの工程は順序がない。多くの三味線工房は、棹、天神、中木、胴をそれぞれ別の職人が造り、頭分が組み合わせた。

だが、玄治店の小三郎店では、見習いの三文字が取れた職人は、小売店の品を最初から最後まで造らされた。効率は悪いが、職人が三味線の造り方の基を知る

上で重要なやり方だった。

弟子になって八年目の善次郎も最初は小売店に卸す三味線で木取りから仕上げの磨きと艶出しまでやらされていた。

こんな小売店の三味線造りでも弟子頭の柱六か、親方の点検があった。直しが利かないと判断された品は、容赦なく壊された。兄弟子のだれもが屈辱の、

「壊し」

の目に、一度や二度は遭っていた。

善次郎の造る三味線は柱六から直しは命じられたが「壊し」に遭ったことはない。だが、ある時期、五代目が点検して小売店の三味線造りから善次郎は外された。なぜ外されたかその理由は善次郎には知らされなかった。

善次郎は台に置かれた花梨に一心不乱に祈った。ひと鑿、ひと鉋も疎かに手を加えないことを祈願した。

花梨の材からどの片をどう切り出すか、善次郎の頭に刻み込まれていた。

「善次郎兄さん、朝餉よ」

「小夏、本日から夕餉の一食にしてくれねえか。こんな大仕事はおれの職人暮ら

しで生涯一度だけだろう。作業場に入ったら時に水を飲むかもしれないが、食い物は、なしにしようと決めたんだ」

「兄さん、今さら小娘のわたしが言うのも生意気だわね。でも言わせて、三味線造りは力仕事よ」

「分かっている。だが、こんどばかりはおれの好きにさせてくれないか。頼む」

と善次郎が頭を下げて願った。

「分かったわ」

と長屋に戻った小夏は父親に告げた。話を聞いた伊那造が、

「善次郎の好きにさせてやれ」

とだけ答えた。

親子ふたりだけの朝餉を終えた伊那造は、作業場に入ると、

「善次郎、おめえの台場をこの作業場のどこでも好きな場所に造りねえ。おれのように独り仕事がいいって職人は世間にいるもんだ。そんなふたりが互いの気配を感じながら、気遣った三味線造りなんてろくなものではねえ」

と言った。

「親父さん、そんな無理が通りますか」

てらあ」

「無理が通ったほうが出来のいい三味線ができるのならば、それがいいに決まってらあ」

「親父さんは、おれが玄治店からこちらに移ってきても、淡々と注文の棹造りをされてましたぜ」

「善次郎、おめえはすでに分かっていようが。おりゃ、玄治店のろくでなしよ。だからこそ、五代目が三味線長屋の作業場で棹造りを命じなさったのよ。いいか、おりゃ、棹造りで三味線造りにはなれない職人、繰り返すがろくでなしなんだよ。

おめえがこたび挑む仕事は、中途半端な気持ちや作業場ではできめえ。おめえが好きな場所に台場を設けねえと言っているのよ」

「ありがてえ。そんな無理を許してくれなすって」

と言った善次郎は長いこと沈思すると、

「親父さん、ひとつ願いごとがあらあ」

「なんだ、おれを作業場から放り出すか」

「じょ、冗談じゃねえ。おれの願いは、おれが働いた仕事を朝でもいい、晩でもいい、点検してほしいんだ。親父さんは三味線造りのろくでなしと言いなさったが、三味線の基の棹造りの達人だ。そんな親父さんが三味線造りを知らねえわけがねえ。親方もとくと承知ゆえ、三味線長屋の作業場を任せなさったのよ」

ふーん、と鼻で笑った伊那造が、

「おれの点検ぐれえで花梨と桑の三味線ができるんなら、善次郎、おめえも大した三味線職人になれないぜ」

「それでいい。親父さんがおれの背後にいると思うからよ、好き放題の仕事ができるのよ。頼まあ。おれが一日、なにをしたかしなかったか見てほしい」

「分かったぜ」

「おりゃ、自分の寝間に台場を設けるぜ」

と善次郎は言い、

「まずは引っ越しだ」

と伊那造の隣の台場を寝所へと移す作業に入った。

そんなところに小夏が姿を見せたが、なにも言わなかった。

夜具を片隅に丁寧に積むとほぼ二畳間の作業場ができた。壁を背後に紙垂(しで)を垂らした御幣串を飾り、花梨と桑のふたつの材を鎮座(ちんざ)させた。

朝餉の後始末を終えた小夏は、材置き場に上がり、一張ごとの三味線の材を手づくりの帳簿に記入する仕事を始めていた。

三味線長屋の作業場で三人が三様の仕事を始めたのだ。

善次郎は、冬場を過ごす己の作業場の二方に板壁を設け、手持ちの道具置き場や研ぎ場を設えた。七つの刻限には、作業場の一角に小さな仕事場ができた。

善次郎は親子が昼餉に行ったのも知らぬまま、夕刻を迎えようとしていた。

気づくと伊那造が独り黙々と棹を削っていた。

「親父さん、おれの仕事場ができたぜ。ぶちを散歩に連れていくがいいかね」

「好きにしねえ。おめえを追い出してみたが、いささか寂しいな」

と珍しく伊那造が冗談を言った。そして、

「よし、おめえの仕事ぶりを点検しようか」

と立ち上がって善次郎の仕事場を見に来て、

「おうおう、おれの台場より片づいているな。これなら明日からいい木取りができようぜ」

と言った。

伊那造の台場の隣では、そうめったやたらに音も立てられなかった。こたびの伊那造の作業場と善次郎の仕事場は、六、七間（約十一〜十三メートル）離れていた。だれに遠慮も要らなかった。

「よし、散歩に行くぜ」

とぶちを連れ出した。

いつものように半刻ほどぶちを散歩させ、用便をさせた。帰路、猫稲荷に寄ると、小夏がクロを抱いて迎えてくれた。

「どこかへ出かけたか、小夏」

「玄治店の親方のところよ。といって善次郎兄さんの話はなし、材のことで相談に行ったのよ。兄さん、見当がつく、三味線長屋の作業場にある材におよそどれほど銘木屋に支払ったか」

「なに、材の買い取り値の総額か。一本いっぽんが高いからな。とはいえ五百両は超えまい。四百五、六十両と見た」

「善次郎兄さん、五代目が仕入れた価格だけで倍以上よ。千両に近いわ」

「な、なんと、おりゃ、千両の三味線の材置き場で眠っていたのか。魂消たな、今晩から寝られそうにないな」

「兄さんが三味線職人兼材置き場の番人を兼ねることになって、うちでは安心ね。親方も言ってなさったわ、あいつが作業場に眠ってくれて気持ちが休まるって」

「おりゃ、気持ちがいいよ休まらないぞ」

ふたりがやり取りする足元で猫のクロと迷い犬だったぶちが戯れていた。

「クロ、待っててね、夕方のエサを持ってくるから」

と小夏が言い、

「そうか、おれがエサを持ってくればよかったか。よし、長屋に戻ったら、おれがすぐに運んでくるからな」

「兄さんもお腹が空いたでしょ、朝からなにも食べずに作業場を拵えたんですものね」

「ああ、ときに空腹は気持ちがすっきりするぜ。そうだ、おりゃ、エサを猫稲荷に持ってきた帰りに湯屋に行ってこよう。仕舞湯に間に会うだろう」

「竈湯はぎりぎりね。急いだほうがいいわ」

小夏と善次郎のふたりはいったん三味線長屋に戻り、善次郎は湯屋に行く着替えとクロのエサを持って慌ただしく猫稲荷に引き返し、さらに竈湯に飛び込んだ。

かかり湯を使い、湯船に飛び込むと、三味線長屋の住人がいた。

「おお、なんだか、作業場はえらく騒がしかったな」

「すんませんね、伊那造親父さんの許しでさ、おれの仕事場を作業場の一角に新たにつくらせてもらったんだ」

「うむ、伊那造さんも変わり者だが、おめえもだいぶ玄治店では変わり者だそうだな」

「えっ、そんな悪い評判が流れていますかえ」

「おう、仕事場を離したってのはいいな。なによりな話だぞ」

「そうですかね、おりゃ、伊那造の親父さん、物分かりがいいんで好きですがね」

「そんで台場を離したか、確かにおめえも変わり者だ」

と三味線長屋の住人が言った。

善次郎はなんとなくほんとうの三味線長屋の住人になった気分がした。

三

江戸期、三味線の棹は、延棹（のべざお）と呼ばれる一本の通し棹だった。だが、現在では、持ち運びの利便性を考え、

「三つ折り、三つ継ぎ」

と呼ばれるものが棹の主流になった。ために棹の素材の角材を三つに切り、上下に枘と溝を造り、もとのように三つを通し棹のように嵌め込むことになる。寸分の狂いもなく継がねばならないゆえ、細工が難しい。

三味線職人は熟練の技と勘がなければ到底三つ折りは造れない。この三つ折りが三味線職人の技量を高めたといえる。

さて、延棹、通し棹の場合、天神と呼ばれる棹の上部にある、さわり山とか乳袋と呼ばれるところの下から、胴に差し込まれる手前の鳩胸までを正確には棹と呼ぶ。

棹の最上部海老尾の下に糸倉があり、乳袋まで、三本の糸を調律する部分を天神と称する。今少し詳しく述べると天神には一の糸、二の糸、三の糸を巻く糸巻がある。一の糸は最も太くて低い音が出て、三の糸は最も細くて音の調子は高くなる。二の糸は、ふたつの糸の中間の音が出た。

むろん糸は絹糸だ。

棹の下部、鳩胸から胴の中に入る部分を中木と称し、三味線の最下部、棹が胴から突き出た部分を中木先と称した。

善次郎が三味線長屋の作業場に引っ越しを命じられてひと月が過ぎたこの朝、

花梨の角材に海老尾から棹の先端、中木先までを思い浮かべて、頭に刻み込んだ細棹の細部を重ね合わせた。

これまで小売店の品の木取りをこの三年の間に繰り返してきた。格別な客の注文と小売店の三味線の棹の木取りと、その工程に違いはない。だが、初めて立ち向かう異国産の花梨は、小売店向けの棹材の桜や樫に比べて硬い。いや、善次郎は未だ真の硬さを知らなかった。

善次郎は、花梨の角材の四面に筆で木取りの模様をすっと描いた。

もはや迷いはなかった。

小型の鋸を使い花梨の不要な部分を切り落としていく。鋸の歯がすぐに潰れるほど花梨は硬かった。

善次郎は初めて接する花梨の硬さを楽しんで鋸の目立てを繰り返しつつ、丁寧に作業をしていった。木取りにはなんと三日ほどかかった。いや、五代目が銘木屋から買い求め、三味線長屋の材置き場に眠っていた数年ののちの三日だ。短いとも長いともいえる日にちが木取りにかかったともいえた。

棹造りの名手の伊那造は、六、七間ほど離れた善次郎の仕事場をちらりちらりと見ていたが、なにも口にすることはなかった。

善次郎がどう木取りをしようかと、迷うように手を止めたとき、伊那造は自分が木取りした棹を立てて眺めた。まるで、

（いつもどおりにやれ）

と言うように。

ふと、伊那造の動作に気づいた善次郎が、伊那造の動きを見て、また手を動かし始めた。

伊那造と善次郎のふたり、別々の作業場で仕事をしながらも老練な兄弟子と歳の若い弟弟子の無言の、

「絆」

で結ばれていた。

そんなふたりの作業を、二階の材置き場の一本一本の履歴を事細かに台帳に認めながら小夏は見ていた。

沈黙の作業場では三人それぞれが別のことをなしながら、ひとつの気持ちで結ばれていた。

迷い犬だったぶちは、そんな緊迫（きんぱく）した善次郎の仕事場の傍らにじいっと目を閉じて、伊那造と善次郎が立てる音を聞いていた。

木取り作業を始める前、善次郎はぶちを連れて未明の散歩に出かける。竈河岸が未だ目覚めていない刻限、ぶちの散歩をさせるとともに己の気持ちを新たにした。

三味線長屋に戻ると、作業場にぶちのエサだけが置かれてあった。むろん小夏が拵えた朝めしだった。

小夏は一日一食、夕餉のみにと願った善次郎の求めを素直に守っていた。そのことを伊那造も支持していた。

黙々と独りエサを食うぶちを見詰めていた善次郎は食い終えたあとの器を洗い、井戸端に置くと、手足を洗い、口を漱いだ。

そんな折り、井戸端で小夏と顔を合わせることもあった。

「おはよう」

「頑張って」

と短い言葉を交わして善次郎は作業場へと戻っていく。

夕餉を前に善次郎はぶちを二度目の散歩に連れ出し、自らも気分を切り替えるためにこの日の工程を思い起こした。そのあと、竈湯の暖簾を潜って湯船に浸かり汗を流した。

そんなとき、善次郎は空腹の心地よさを感じながら、明日からの作業の工程を確かめた。

夕餉を、善次郎は伊那造と小夏親子と三味線長屋で揃って摂った。が、この場で善次郎の仕事が話柄になることはなかった。

「善次郎兄さん、今日の昼下がり、銀次さんが玄治店の親方の命で、お父つぁんのとこに姿を見せたわ」

「おりゃ、知らなかったぞ。銀次も声をかけるくらいしていいじゃないか」

小夏は善次郎の返事がおかしく聞こえた。

「銀次さんは善次郎兄さんに気遣いして、わざと作業場に顔を出さなかったのよ」

「水くさいな。銀次はあちらでうまくやっているか」

「善次郎兄さんの心配は無用よ。銀次さんは善次郎兄さんの生き方を見習おうとしているわ」

「おれを見習うだって、そりゃ、もうひとり玄治店に変わり者の職人が増えるということだぞ。五代目は苦労なさるな」

「そうかもね」

小夏は、一日一食の善次郎のために滋養のある鶏卵や煮魚、野菜の煮つけと味噌汁を用意した。胃に負担がかからぬ食事をと考えてのことだった。

江戸期、鶏卵は高価でおいそれと買える代物ではなかった。それを小夏は善次郎と父親とに惜しげもなく供していた。そして、甘いものが好きな善次郎に饅頭か季節の水菓子の西瓜などをつけた。

小夏の心遣いに善次郎は気づかないふりをして胸の中で手を合わせて食した。

ともあれ、最初の試練の木取りを乗り越えようとしている善次郎の表情を、小夏はまるで年上の姉のように安堵して見詰めた。

木取りを始めて三日目の夕餉、

「親父さん、明日から粗削りに入ります」

と善次郎が報告し、なにか指示はあるかという風に見たが、伊那造は、

「うむ」

と短く返事をしただけだ。

むろん花梨の棹造りを前に善次郎が伊那造に、折々作業を確かめてくれるように願ったことを伊那造は忘れたわけではなかった。だが、当人のいる作業場に出向いて確かめるような真似は決してしなかった。

善次郎の動きを見て木取りがどこまで進んでいるか、迷っているか、伊那造はすべて見通していた。

小夏も伊那造が善次郎に声をかけないのは、当人のやり方で木取りを進めていることを認めてのことだと思っていた。

粗削りは、木取りをして形を変えた花梨に各種の鉋や鑿や小刀を使って、さらに形を整えていくことだ。

もはや善次郎は花梨の硬さを、手先だけではなく五体で承知していた。

それにしても、和国より段違いに暑いと聞く南国で育った花梨が硬木に育つことが不思議だった。なんとなく寒い土地の木のほうが硬木になりそうだが、そうではなかった。

翌未明、ぶちを散歩に連れ出し、猫稲荷でクロに会った。もはやクロもぶちも犬猫の違いを超えて、身内意識を持っていた。

そんな二匹のじゃれ合いを見ながら、善次郎は猫稲荷に拝礼した。本日から粗削りに入りますと報告していると、

(枘鑿相容れず)

の言葉が浮かんできた。

伊那造が先代の小三郎の口癖を善次郎に伝えたが、明日からまさに柄の入る穴をどうあけて、それに合う柄をどう造るか試されることになる。

善次郎はいつも以上に稲荷社に頭を長く下げ続けた。無心になったと考えたとき、

「よし、ぶち、作業場に帰るぞ」

と声をかけて三味線長屋に戻った。すでにぶちのエサは出ていた。

作業場に座した善次郎がちらりとぶちの食欲を見ていると、

「善次郎兄さん、熱いお茶を置いておくわ。それともお茶も口にしないほうがいい」

善次郎は小夏を見ると、

「いや、だんだんと寒くなる。熱い茶は甘露だろう、馳走になる」

と言った善次郎が茶碗を取り上げた。そして、粗削りの工程を確認する作業に独り戻っていった。

善次郎は小売店の品だが、細棹から中棹、太棹と棹造りを経験していた。

なにが難しいといって高い音を生み出す細棹は、一瞬の手の狂いで棹をダメにした。

玄冶店の作業場では、細棹の粗削りから中仕上げ、仕上げの過程で切り込み過ぎた棹は、

「おお、正太郎が風呂の薪(まき)をこさえたぞ」

などと弟子頭の柱六ら兄弟子からからかわれる。いや、この冗談は当人にとってなんともきつい言葉だった。

玄冶店から弦辰の弟子頭に鞍替えした蔵之助は、実に当たり障りのない棹を拵えた。善次郎が見て、「ここは肝心かなめの棹造りの要所」ともうひとつ刃物を入れるところを、さっと鉋をかけるだけで済ませていた。

「蔵之助の兄さんの棹造りは如才がないよな」

と思わず漏らした与助は、仕事が終わったあと、表に連れ出されてこっ酷く叱られた上に、

「おめえの手を見せてみな」

と言われて思わず手を出すと、右の掌(てのひら)を煙管(キセル)で叩かれて打撲(だぼく)を負ったことがあった。

むろん、与助は五代目に告げ口などしないで、

「うっかり転んで手を痛めました」

と報告していた。が、親方も弟子頭の柱六も与助の打撲の真相を察していた。

一方、善次郎は、とことん棹造りの基に従い、

「丁寧と繊細」

を心掛けた。そのせいか、蔵之助の前では言わないが弟子仲間は、

「細棹は善次郎が一番」

と思っていた。

だが、その折りの棹は桜か樫だった。今善次郎の前にあるのは花梨だ。

朝餉を終えた伊那造が作業場の台場に着いた。ちらりと善次郎を見て、

(いつもどおりにやれ)

という風にひとつ頷いてみせた。

このひとつの頷きが善次郎に、平静な作業をなすことを思い出させた。

木取りを終えた花梨の乳袋に飾っていた御幣を外すと傍らの棚に移した。鑿を入れる前に瞑目(めいもく)した善次郎は、粗削りの過程を思い起こした。頭の中で天神にはどの鑿を入れるか、棹下の鳩胸にはどの小刀と鉋を使うか、決まっていた。

(よし)

と己に気合いを入れて、天神に小刀を入れた。

あとは無心だ。

ひたすら道具を選び、木取りした棹に道具を入れた。

どれほどの時が経過したか、ふと気づくと三味線長屋の善次郎の台場の前にふたりの人影があった。

なんと五代目の小三郎親方と伊那造だった。

善次郎は、なんと声をかけるべきか迷って伊那造を見た。が、伊那造はなにも言わなかった。視線を五代目に移した。

小三郎がひとこと、

「続けなされ」

と言った。そして、ふたりは三味線長屋の作業場を出ていった。

善次郎はざわついた気持ちを鎮(しず)めると鑿を手にした。

その日の夕餉前、善次郎がぶちの散歩をさせたあと竈湯に行くと、伊那造が湯船に白髪(しらが)頭を出して善次郎を迎えた。

「終わったか」

「へえ」

「驚いたか」

いえ、という風に首を横に振った。

「いつかはこんな日が来ると思っていました。親方は、なんぞ命じられましたかえ」

「いや、善次郎に最後まで仕事をさせよと命じて玄冶店に戻られた。親方は三味線長屋の動きを察しておられたかね」

「親父さんはなにも断ってねえんで」

「考えてみれば、おめえが言うようにこんな日が来るってのは分かっていたさ。にしきぎ歌水師匠に五代目が今日のことを告げるとも思えねえ。

善次郎、おめえは淡々と棹造りを熟しねえ。おりゃさ、おめえが仕上げに入った折りは、玄冶店を訪ねて五代目に様子を告げておく。それでいいか」

「へえ」

「なんとしても最後までやり遂げねえ」

「へえ」

と頭を善次郎が下げたとき、竈湯のあるじが、

「小夏ちゃんがふたりの着替えを持ってきたぜ。お千さんの代わりをよう十四歳の娘が務めているよな。感心以外、おりゃ、言葉が見つからねえ」

と言った。

中仕上げ、仕上げの作業を善次郎が進めていくにつれ、花梨の年輪が日一日と美しさを増していった。

仕上げが終わった日、伊那造は、玄治店に五代目を訪ねて報告した。

善次郎と小夏は父親の帰りを夕餉も摂らずに待っていた。

仕上げを終えた花梨の棹は、すでに桜材とは違った縞模様を見せていた。とはいえ、花梨の棹を初めて扱う善次郎にとって、どうあればよいのか全く見当もつかなかった。

「善次郎兄さん、大丈夫よ。親方は分かっていなさるわ」

と言ったとき、作業場にいたぶちが、ワンワンと嬉しそうに吠えた。

「親父さんが戻ったら訊きたいんだ」

と善次郎が立ち上がったとき、長屋の戸口が開いて、

「なんだ、夕めしを食ってなかったか」

と一斗樽（いっとだる）を提げた伊那造が土間に入ってきた。

「五代目と話し込んでいてな、つい遅くなった」

「親方はなんと申されたの、お父つぁん」

「なにも言うことはねえよ」

「だってお父つぁんが報告したんでしょ」

「小夏、おめえも三味線職人の娘だろうが、棹造りの途中の出来具合を口で伝えられるか」

と言い放った伊那造だが、機嫌は悪くなかった。

「帰りにな、おかみさんが小夏に伊勢やの雪最中とな、この一斗樽を持たせてくれなさった」

「そうか、親方も善次郎兄さんの仕上げを察しておられるのね」

「おれが花梨の鉋屑を持っていったからな、善次郎の仕事は察しておられるのよ」

と言い切った。

「そうか、鉋屑が雪最中と一斗樽の下り酒に替わったんだ。お父つぁん、お酒はうちでも用意してあるわ。それとも玄治店の下り酒を開ける」

「一斗樽を開けるときはよ、善次郎の花梨の『棹』ができたときよ。玄治店でも夕めしに誘われたがよ、なんぞ余計なことを喋りそうでよ、三味線長屋に戻ってきたんだ」

「親父さん、ご苦労さまでした」

善次郎が一斗樽を、小夏が雪最中を伊那造から受け取って板の間から小座敷に上がった。

どさりと腰を己の席に落とした伊那造が、

「今日の昼間に元大工町の弦辰から番頭の松蔵(まつぞう)が面を出してよ、なにがしか包んだ袱紗包みを差し出して、挨拶が遅れて申し訳ねえ、と言ったそうだ」

弦辰は三味線造りのほかに自分のところで造った三味線を小売りしていた。ゆえに番頭がいた。

「弦辰の親方が顔を出しませんかえ」

「できるものか。番頭に袱紗包みをな、『頂戴(ちょうだい)する謂(いわ)くはねえ』と言って突き返したそうだ」

「そうですか。蔵之助兄さんも厄介なところに鞍替えしましたね」

と言ったとき、

「燗(かん)がついたわよ」

と小夏がちろりを運んできた。

ささやかな夕餉が始まった。

四

さわり山とも呼ばれる乳袋より上部は、

「天神」

と称されると記した。

三味線の音の調整をなす要(かなめ)の部分だ。

その中でももっとも難しいのが、糸倉の畔(あぜ)に糸巻きを仕込む三つの穴をあけることだ。

この穴は鑿ではあけられない。糸巻きのための穴は、糸倉の中ほどに炭火で真っ赤に焼いた鏝(こて)を当ててあける。糸倉にあけた穴に狂いがあれば、糸巻きは安定せず、糸はきれいに音を醸し出さない。それだけに慎重を要する。

また、糸倉に入れる糸巻きには、さらに糸を通す極小の穴をあけていく。

糸巻きに穴をあける前に伊那造が無言で自分の台場に善次郎を呼んだ。

ちなみに糸巻きの材も花梨を使った。これも善次郎が造った。

傍らには小火鉢が置かれ、炭火が熾(おこ)っていた。

伊那造が桜材の糸巻きに穴あけ作業をしていた。だが、善次郎に口でなにかを伝えることなど一切ない。己の棹造りの穴あけをいつもどおりなす体で真っ赤に焼いた鏝を使い一の糸の糸巻きに極小の穴をあけた。

伊那造の穴あけは実に淡々として鏝が一切迷うことはない。二の糸の穴あけに、さらに三の糸の穴あけに移っていった。

善次郎はかように近くから伊那造の穴あけを見たのは初めてだ。そして、伊那造が無言ながら自分の穴あけを、

「とくと見ろ」

という風に善次郎のために見せたのも初めてだ。これまでの糸巻きの穴は、兄弟子の穴あけをひっそりと見て盗んだり、親方の奥座敷の作業場に呼ばれたとき、ちらりと見たりして、あとで思い出しつつ、己で「工夫」したものだ。

善次郎は、伊那造が意識して見せてくれた一度こっきりの穴あけを凝視して頭に刻みつけた。その動きは、

「迷うな」

と伝えていた。

自分の台場に戻った善次郎は、穴あけ作業を前に仕上げと艶出しをした棹に改

めて御幣を飾り、気持ちを切り替えた。

幾たびも伊那造が見せてくれた緊張の穴あけを繰り返し思い返し、頭の中だけで、鏝を持つ手を動かした。この日は鏝を手にすることなく穴あけ作業の工程を頭の中で繰り返した。

夕暮れ、ぶちを散歩に連れ出し、用便をさせた善次郎は、竈河岸の猫稲荷社に立ち寄った。すると珍しくも銀次がいた。ひさしぶりの対面だった。

善次郎は銀次の頰がこけているのを見た。見習いが三味線造りの厳しさに直面した折りに、

(おれは三味線造りの職人になれるだろうか)

と悩んだときに顔に出る疲れだ。

銀次の前に玄治店に弟子入りした三人は、この段階を乗り切れずに辞めていったのだ。

「銀次、三月を超えよ。厳しさを頭と体に叩き込め」

「ああ、そうする」

と銀次が言い切り、

「善次郎兄い、花梨は硬いかえ」

と話柄を変えた。

「なに、玄冶店では、おれが花梨と向き合っていると承知か」

「親方が口にされたわけではないだろう。だがな、この数日前からひそひそと稲五郎兄さんたちが噂していることがおれの耳に聞こえてきた」

「そうか」

とだけ善次郎が応じた。

どのような秘密も職人の間にはいつしか伝わっていく、三味線造りの玄冶店でも同じだったということだ。ということはいずれ江戸の三味線造りの面々、三味線を教える師匠、芸人衆や芝居の囃子方へと広がっていくだろう。

善次郎の三味線造りにだれもが関心を寄せているということだ。

「どのような職人の間でも新たな作業は関心を呼ぶでな、致し方あるまい。銀次、おれのやるべきことをやるだけだ」

「おりゃ、どうすりゃいい」

「迷ったら道具を手にして柄穴をあけよ。手先に道具の使い方をたたき込め、両眼を瞑(つむ)っても手先ができるように覚え込ませよ。手先が迷わなくなったら道具の使い方をひとつ覚えたということだ。さすれば、次の道具に挑め」

「長い修業だな」

「銀次、始まったばかりよ、音を上げたら銀次、おめえの負けよ」

「辞めていく四人目の新入りになるか」

「しくじりや悩みが職人を学ばせてくれるのだ。他人様より一回でも多く、鑿で枘穴をあけて道具の使い方を覚え込め」

「そうか、善次郎兄いとおれは道具に教えられているか」

「鑿枘相容れずよ」

「ああ、あの文句がおれたちを悩ませてやがるか」

「おまえはまだ分かっちゃいねえ、職人修業は長く終わりはねえ。どんな老練な職人も悩んで技を覚えるのだ」

「そうか、五代目親方も伊那造の親父さんも未だ悩んでいるか」

「おれたちが、ふたりの域に達するのは何十年も先のこったろう。だから、ふたりの胸のうちはおれには分からねえ。今のおれは、道具に教えられながら新しい棹造りに挑んでいる」

「よし、おれも兄さんを見習って鑿で枘穴をあけるぜ」

「おお、そうしねえ」

善次郎と話をしたせいで銀次の顔つきが和んだように見えた。

「善次郎兄さん、玄治店では、だれもが兄さんの作業を気にしているぜ。それだけ、兄さんはだれもやったことがねえ仕事をしているのだな」

「銀次、おれには兄弟子の仕事を気にする余裕はない。ひたすら道具と花梨に教えられてこなすのが精いっぱいだ」

と言った善次郎が、

「銀次、玄治店に戻りねえ」

と促すと銀次がぶちの頭を撫でて、

「おりゃ、行くぜ」

と木橋を渡っていった。


翌未明、善次郎は小火鉢に炭を熾して鏝二本を炎に突っ込んだ。

糸巻きの先端は細く丸かった。

ここに垂直に小さな穴をあけて糸を通すためのひとつの穴が完成する。迷いや鏝あてをしくじれば、「狂い」が生じる。糸巻きは不安定になる。慎重を期しながら一気に極小の穴をあけることになる。

傍らには磨きと艶出しを終えた花梨の棹があった。

善次郎は拝礼すると鏝を摑んだ。穴の印を上下につけた一方に鏝先をあてた。

硬い花梨の糸巻きから煙が上がり、一気に中ほどまで鏝先が達した。間を置くことなくもう一方からも二本目の鏝で穴あけをした。

善次郎は穴の上下を確かめた。

まるで一本の鏝であけたように貫通していた。

一の糸の糸巻きの穴に続いて、二の糸の糸巻き、三の糸の糸巻きの穴をあけた善次郎は、

「ふうっ」

と息を吐いた。

どれほどの時を要したか、善次郎には分からなかった。

ふと気づくと伊那造が善次郎の作業を自分の台場から見ていた。

「親父さん、糸巻きの穴を確かめてくだせえ」

三本の糸巻きを手に伊那造の台場に持っていった。

差し出された糸巻きをしばし見ていたが、一の糸の糸巻きを手に取り、傍らの行灯の灯り(あか)に翳して凝視した。残りのふたつを善次郎の手から摑んだ伊那造が同

様に険しい目を向けていたが、なにも言わず、表情も変わらなかった。

「親父さん」

と善次郎が呼びかけた。

なにか物思いに耽(ふけ)る体の伊那造が、こくりと頷き、

「ようやった」

と褒めて、善次郎に三本の糸巻きを返した。

善次郎は、棹を摑むと一の糸の糸巻きを畔にあけられた穴に入れた。ぴたりと合った。二の糸の糸巻き、三の糸の糸巻きも糸倉にぴたりと嵌(はま)った。気分を変えて、すでに用意していた絹糸を糸巻きの穴に通して螺旋(らせん)のように巻き込んだ。

棹造りが一歩完成に近づいたと思った。

「よし」

天神の難関を乗り越えた。

善次郎の前に新たな難関が待っていた。

胴造りだ。

三味線長屋には棹造りの名人伊那造がいた。同じ作業場に伊那造がいるだけで善次郎は大きな助けを感じてきた。

だが、玄冶店の胴造りは、小三郎一族の秘伝だった。

むろん小売店へ納める三味線は弟子頭の柱六以下、善次郎まで六人が造ってきた。だが、玄冶店が造る高級三味線は、棹造りが伊那造、最後の胴造りは小三郎親方と決まりがあった。ただしふたりが造る三味線に伊那造の名はない。あくまで五代目小三郎の名が胴の内側に刻まれるだけだ。

それが職人仕事だ。

伊那造が善次郎に託したのは、自分が、

「棹造り」

であって、

「三味線造り」

ではない無念だろう。

ひとりの弟弟子の勘と感性に花梨の三味線造りを託したのはそんな想いがあってと善次郎は薄々承知していた。が、そのことを過剰に思案しないように己に言い聞かせていた。

善次郎が造った花梨の棹には、新しい御幣が飾られてあった。その棹を見ながら、胴材の木取りに挑むことになった。

もはや三味線長屋には頼りになる師匠はいなかった。胴造りと皮張りは、己一人がこれまで接してきたわずかな経験と、善次郎の、

「勘と感性」

のみが頼みだった。

木取りをなす桑に御幣が飾られた。

善次郎は七を三回、二十一日の間、竈河岸の稲荷社に願掛けをなすことにした。その上で木取りを実行すると決めた。

最初の朝、ぶちの散歩をさせて、独りだけで猫稲荷社に行くと、なんと玄治店の兄弟子だった蔵之助がいた。

「おお、善次郎か、久しぶりだな」

善次郎は無言で蔵之助を見返した。

その顔は玄治店にいた蔵之助の顔ではなかった。過剰に自信に満ちていた表情が失せて、苛立ちが感じられた。

「なにか言わねえか」

「蔵之助兄さん、おれになにか用事ですかえ」

「おお、用事といえば用事だな」

「もはやおまえさんとは、関わりがないと思いましたがね」

「冷てえことを言うんじゃないよ。おれとおまえは兄弟弟子だぜ。そいつは死ぬまで変わりないことよ」

「違いますね。あんたが玄治店の小三郎親方に不義理して出ていった日から玄治店ではだれもおめえさんを兄弟子なんて思う者はいませんや」

「おめえもか」

「へえ、おれは玄治店の弟子ですぜ。おめえさんとは口も利きたくねえや」

「そんなおめえがなんで三味線長屋の伊那造父つぁんのところに放り出されたんだよ」

「なんぞ勘違いしていませんかえ。三味線長屋は玄治店の棹造りのれっきとした作業場のひとつですぜ。五代目の小三郎親方の玄治店の持ち物だ。そんなことすら、おめえさん、学ぶことなく弦辰に鞍替えしたのかえ。どうやら、あちらでも居心地が悪いようだな」

「余計なことをぬかすんじゃねえや」

「余計なことはおめえさんだ。おれには用がねえ、あちらに帰ってくんな。玄治店の兄さん連に見つかると、殴られかねないぜ」

と善次郎が、願掛けの初日から験が悪いことを悔んで言い放った。

「そう冷たくするねえな。

おめえ、花梨って木でよ、三味線造りをしているそうだな。手に持った包みが花梨の棹か」

「だれから噂を伝えられたか知らないが、おめえさんには関わりのない話だな。おめえさんが行かないのなら、おれが三味線長屋に戻るぜ」

と言い放った善次郎に蔵之助が言い出した。

「待ちな、善次郎。おめえが造っている花梨の三味線を譲ってくれねえか」

「はああ」

と善次郎は呆れ返って蔵之助を見た。

卑屈な顔に嗤いが浮かび、

「おめえの給金の何年分もの金子で買おうと言ってんだ」

「あんた、弦辰もしくじったか、もはや職人の端くれでもねえな」

「ご、五十両でどうだ」

「浜町堀で頭を冷やすか、蔵之助。二度と面は見たくねえや」

と善次郎は木橋を渡って三味線長屋に戻ろうとした。すると竈堀に苫屋根をかけた荷船がいて、胡散くさい連中が何人か乗っているのが見えた。

（まさか蔵之助の仲間ではあるまいな）

と思ったが、さっさと三味線長屋へと向かい、作業場から花梨の棹を抱えると伊那造と小夏の長屋に戻った。

「どうしたの、善次郎兄さん」

伊那造と小夏が、善次郎の険しい表情と抱えた棹を見た。

小夏に頷いた善次郎は、

「猫稲荷に蔵之助が待っていてね」

と前置きして仔細を怒りに任せて早口で告げた。

親子が善次郎の言葉を聞き、

「善次郎兄さんが逸り立つのも分からないわけじゃないわね、呆れた」

「逸り立つなんてもんじゃねえぞ、あいつはもはや職人でもなんでもないや。親父さん、どうしたもので」

と善次郎が伊那造を見た。

「あやつ、三味線長屋まで押しかける気配か」

「そいつは分からねえや。だけど、苫船の連中が蔵之助の仲間ならやりかねないんで、親父さんに告げておこうと思ったんだ」

善次郎の返答に伊那造がしばし考え、

「こいつは親方に話しておいたほうがいい。善次郎、おめえが造った棹は親方に預けよう。玄治店に行くぞ」

と立ち上がった。

小夏が大風呂敷に包んだ棹を善次郎が持ち、伊那造とふたり玄治店を訪れ、奥座敷で五代目小三郎に会った。話を聞いた親方が、

「おめえの造った棹をうちで預かろう」

と即座に受けてくれた。

「へえ」

と善次郎は答えると、花梨の棹を包んだ布を解こうとした。すると親方が、

「善次郎、そいつは包んだまま預かろう。おれが見るのは最後の最後でいいや」

とこの場では見ないと言った。その言葉は花梨の棹造りなど知らないという風にも聞こえ、善次郎の三味線造りを黙認した五代目の考えであるかのように思えた。

「へえ」

と善次郎は畏まった。

「弦辰でなにがあったか知らねえが、おれの弟子だった蔵之助がこれ以上の馬鹿をしでかさないように、善次郎、おれに付き合え」

と言った。

伊那造は、その意図を察したように、

「五代目、お任せ申します」

と言い残すと三味線長屋に戻っていった。

第四章　悩め、善次郎

一

五代目小三郎が善次郎を伴ったのは、この界隈で竈河岸の親分と呼ばれる御用聞きの嘉次郎の家だった。

嘉次郎は北町奉行所の定町廻り同心桑畑毅一郎から手札を許された代々の御用聞きだ。女房に中村座の前で料理茶屋をやらせていた。懐具合は潤沢で、十手に物を言わせて金品を強請りとるなんて真似を自分にも子分どもにも許していなかった。それだけに竈河岸の親分の評判は上々だった。

「おや、玄治店の親方、どうしなすった」

神棚のある座敷にふたりを招じ入れた嘉次郎が物心ついた折りからの幼馴染

に問うた。

「竈河岸の、ちょいと相談だ、福耳(ふくみみ)を貸してくんな」

竈河岸の嘉次郎の耳は幼いころから大きく、それが嫌で嫌で堪(たま)らなかったが、今では福耳の親分とも呼ばれていた。もっとも面と向かって福耳なんて呼ぶのは、小三郎のような幼馴染に限られていた。

「うちの弟子だった蔵之助を承知だな」

「何十年来の弟子が元大工町の同業に鞍替えしたんじゃなかったか。おめえさんがよう許したと訝しく思っているんだがな」

「訝しくもなにも騙(だま)しに遭ったようでな」

と小三郎が手短に蔵之助が玄冶店を辞めた経緯を語った。

「ふーん、そんな真似をしやがったか。で、元大工町から挨拶が未だないか」

「いや、つい先日、弦辰の番頭が遅まきながらと面を出し、袱紗包みを差し出すから、もらう謂れはないと言って追い返したさ」

「弦辰の評判は決してよくねえやな。で、相談ってのはなんだ」

「おお、このあとは弟子の善次郎に話させよう。というのも後ろ足で砂をかけてこの竈河岸界隈を出たはずの蔵之助が猫稲荷でよ、善次郎を待ち伏せしてやがったんだ。その折りの経緯は当人が直に話すほうがよかろう」

　小三郎の前置きに嘉次郎が頷き、小三郎の斜め後ろに緊張の様子で控える善次郎を見た。

「まさか、善次郎も弦辰に誘われたってことはねえよな。おれの知るところじゃ、おめえさんの倅は別にして、善次郎の腕はなかなかだと聞いたぜ」

　さすがに代々の御用聞きだ。玄治店の内情も承知していた。

「善次郎に話させる前に福耳の親分にひとつ、断っておきたいことがある。もっともおめえさんのことだ、そんなことは先刻承知と言われそうだがな」

「うーむ、思い当たる節はねえぞ、玄治店の五代目よ」

「そうか、知らんふりして聞き出すのが上手なのが福耳の親分の得意技だよな」

「玄治店、えらくもったいぶらないか。おめえとおれの仲だ。知らないことは知らないと言うぜ」

「善次郎を玄治店の仕事場から三味線長屋の伊那造父つぁんのところに行かせて修業させているのは承知だな」

「そいつは承知だ。お千さんが身罷ったあと、小夏と親子ふたり暮らし、そこへ善次郎が入ってすこしは賑（にぎ）やかになったかと、おれは喜んだがね」

「うむ、善次郎を伊那造父つぁんのもとにやったのは、蔵之助の代わりに棹造りを覚え込ませようとしてのことだ。それがな、ちょいとした経緯で、善次郎に三味線の材としては珍しい異国産の花梨材で新しい棹造りをさせたいと、伊那造がおれに許しを乞うてきたんだ。蔵之助の鞍替え騒ぎもあってのことだよ」

「ほう、異国産の花梨で三味線の棹造りな、玄治店でも初めてのことじゃないか」

「ああ、とある三味線と素踊りの女師匠に花梨を見せたことが何年か前にあった。するとお師匠さんが、縞模様の美しい花梨材でどうしても細棹の三味が欲しいとの注文でな。とはいえ、うちで花梨を使うのは初めてだ。どうしたものかと悩んでいたところに、伊那造の父つぁんが善次郎にやらせろと言ってきたというわけだ。親分もとくと承知のように善次郎は下から数えるほうが早い弟子だぜ。蔵之助の一件があったところだ、ほかの弟子の手前もある、おれも即答できねえや。だが、伊那造は、棹造りばかりではなかったんだ。三味線を一棹ぜんぶ善次郎にやらせるって言ってきたのよ」

　善次郎は伊那造がそのことまで五代目にすでに話していたことに驚いた。だが、親分と親方ふたりの話に口を挟むことはできなかった。

「福耳の、ふつうに考えれば、うちの仕事場がてんやわんやする話だぜ」

「おお、まず間違いねえ。伊那造の父つぁんは棹造りでは第一人者だが、胴にまで口出ししたとはな。ましてや善次郎は、値の張る注文の三味線を造ったことはあるめえ。これまで実績もねえ善次郎にそれをやらせろってな」

さすがは竈河岸の親分だ、三味線造りの過程をよう承知していた。それに玄冶店の弟子たちの技量と経験まで承知している風で首を捻った。

「親分、伊那造はね、花梨材を長年手元に置いていたから、花梨の木目の美しさも、そして、硬さもとくと承知していたんだ。同時に花梨で玄冶店が三味を造るには、若い弟子の新しい感性と勘とで、これまでにない音色の細棹を造らせなければならねえと、おれに忠言したんだと思う。

親分、伊那造は、これまでそのような差し出がましいことを親方のおれに一度だって言ってきたことはねえ。それが善次郎と台場を並べてひと月もしないうちに、こう注文してきたというわけだ」

善次郎は小三郎親方の話に言葉を失っていた。

「伊那造の父つぁんは胴造りをどこまで承知か」

「三十有余年、修業をしてきた。一応、胴造りは承知だよ。だがよ、皮張りを倅にやらせ、棹と胴を合体させるのは、五代目のおれの務めだ。そのおれも抜きにして、こいつにやらせろとよ」

　小三郎の口調は怒っているというより面白がっているように竈河岸の親分には聞こえた。

「伊那造の父つぁんがそこまで強弁(きょうべん)したか」

「おお」

「で、五代目はどう返事をしたよ」

「さすがに即答はできねえよ。うちにとって一か八(ばち)かの大勝負だぜ」

「だろうな」

「だが、おりゃな、どこかで伊那造の父つぁんの強弁に従ってみたいとも内心思っていたのよ。あの花梨で造る細棹は、手垢のついた職人仕事じゃ無理だ。経験のねえ職人でもいいや、迷い迷い、大胆にも新しい感覚で造る三味線でねえと、玄冶店が造る花梨の三味とはいえないような気がしてな。こいつに惚れた伊那造の父つぁんの考えに乗ってみようと考えたのよ。なによりおれが拒(こば)もうと伊那造の父つぁんは、善次郎にやらせることに腹を固めていたのよ」

　ふっ、と大きな息を吐いた嘉次郎親分が、

「こいつはおれへの相談ごとじゃねえよな」

　と小三郎から善次郎に眼差(まなざ)しを向けた。

「善次郎、五代目の話を聞いてどう思うよ」

「どう思うと親分さんに言われましても、初めて親方の口から聞く話、ただ驚いています」

「と返事をするほかはねえよな。だがよ、善次郎、おめえは花梨に手を付けているんだろ。棹造りを始めてんだろ」

「へえ」

「どこまでやったえ」

「棹造りは終えました」

　福耳の親分が善次郎の携えてきた包みに視線をやった。

「なにっ、その包みの中身は出来上がった花梨の棹か。伊那造の父つぁんはなんと言ったえ」

　しばし沈黙した善次郎は、

「ようやった、とひと言だけ」

「言ったか」

小三郎が竈河岸の嘉次郎親分へ眼差しを向けた。

しばらくだれもなにも言わなかった。

「五代目、いやさ、善次郎、相談を聞こうか」

と親分が話柄を変えて善次郎を見た。

「蔵之助兄さんの話に戻ります」

と前置きした善次郎が猫稲荷での蔵之助の要求を克明に告げた。

「なんと、蔵之助は元大工町の弦辰でもしくじりやがったか」

「福耳の、おりゃ、あいつのうちでの弟子修業を見損なっていた、おれの責任よ。あいつが他所(よそ)様に行ってもしくじりをやるような弟子だったなんて、情けねえぜ」

「五十両で善次郎の造った花梨棹の三味を買うという話だがな、この一件、巷(ちまた)に流れているんだな」

「ああ、まず間違いねえ」

しばし瞑目していた嘉次郎親分が、

「まず弦辰の親方に会おう。蔵之助がなにをあちらでやらかしたか、知りてえや。その上で阿漕(あこぎ)なことが発覚すれば蔵之助と、仲間がいればそいつらをとっ捕まえるぜ」

「頼もう。まだ棹しかできてねえ三味線を五十両で買おうなんて法外な騙しよ」

「ああ、蔵之助の話はとことん信用できねえ」

と小三郎が言い切った。しばし間を置いた福耳の親分が、

「五代目、よかったな」

「なにがよかったよ。この話、最初から不愉快なことばかりだぜ」

「いや、蔵之助はすでに玄治店の弟子ではねえ、弦辰の弟子だ。そいつがなにかをやらかしたとしても、五代目、おまえさんが公事（くじ）に関わることはまずあるめえ」

と言った嘉次郎親分が善次郎に視線を向けた。

「おめえ、五代目の小三郎親方と伊那造の父つぁんに恥を掻かせねえ花梨の新しい細棹を拵えねえ。もはや、経験が足りません、業前がどうのこうのという言い訳なんぞはできねえぜ。この一件、三味線職人善次郎の正念場だな」

と言い切り、しばし沈思し、言い放った。

「五代目、これからおりゃ、元大工町の弦辰を訪ねよう」

「頼む、福耳の親分よ」

「でな、おれの思いつきだが、こいつをさ、弦辰に伴っちゃいけねえかな。うん、善次郎は自分の修業してきた玄治店の三味線造りしか知るめえ。蔵之助の野郎が、弟子頭で弦辰に鞍替えしながらよ、どこでどうしくじったか、弦辰の工房がどんなものか、この際、ちらりとでも覗いておくのも悪くねえと思ったのよ。どうだ、ダメかえ」

と幼馴染の小三郎を見た。

「なんだか、こたびの一件、わっしら職人の間では法外の話ばかりだな。竈河岸の嘉次郎親分が伴わなきゃあ、弦辰の工房なんて見ることはできないよな。こいつのためになるかどうか、やらせようか」

と小三郎親方が嘉次郎親分の提案を呑んだのを聞いて、善次郎はびっくりした。

「善次郎、どうするよ。おまえの兄弟子蔵之助がなぜ間違いを犯したか、またなぜおまえが花梨の棹造りを手掛けていることを、蔵之助が知っていたか、親分に従って調べてみるか」

と善次郎に質した。

しばし瞑目した善次郎は、傍らにある花梨の棹を包んだ布袋を取ると、

「親方、まずこの棹をお預けしてようございますか」

と願った。

「おお、玄治店のおれの仕事場に保管しておくぜ。こいつは、うちの弟子だった蔵之助の始末でもある。なんとしても弦辰でなにがあったか、おめえの眼で確かめてこい。いいことも悪いことも含めて承知し、三味線を造ってみねえ。伊那造の父つぁんが、あれほどおめえに、三味線を造らせたかった曰くをおれも知りてえや」

と言い切った小三郎が花梨の棹の包みを手にした。

元大工町は、外堀から新場橋に抜ける片側町で、公儀の御作事方の支配下の番匠・大工が住んだことからこう呼ばれた。

三味線造りの三代目辰吉は、この元大工町に、江戸三味線店弦辰の屋号で間口五間（約九メートル）、奥行き十一間（約二十メートル）の手づくりの三味線店と、裏手に作業場を構えていた。

善次郎は店の前を通ったことはあるが暖簾を分けて店に入ったことはない。江戸橋を渡って日本橋川の右岸を日本橋へと足を向けた折り、

「蔵之助が弦辰に鞍替えした曰くは、先方から誘いがあったということでいいの

か。蔵之助にとっても弦辰の弟子頭としての鞍替えは魅惑の誘いだよな。野郎、玄治店でなんぞ不満があったんじゃねえのか。こういうことはよ、いくら幼馴染の五代目小三郎にも訊きづらいやね」

と嘉次郎親分が善次郎に質した。

善次郎は横目で竈河岸の嘉次郎親分を見た。

「蔵之助兄さんは鞍替えを、何月も前から考えていたのかもしれません」

「それがどうした。ただいま、蔵之助がおまえに会って言い出した申し出は、弦辰への鞍替えと関わりがあるとおれは見たのよ。となると何月も前から鞍替えを考えてきた真の曰くを知っておきたいやね。それはこたびやつが弦辰をしくじった曰くにもつながってこないか」

ふたりは歩みを緩めていた。

「ここでの話はおれとおまえのふたりの間の秘密ということでどうだ。おめえが玄治店に居づらくするようなことはおれもしたくねえ。だがな、玄治店の暖簾を守るには真のことをおれも承知しておきたいやな。弦辰での駆け引きにもかかわることだ」

と言った。

善次郎は長いこと沈思した。ふたりはさらにのろのろとした歩みになっていた。すれ違う男衆が竈河岸の親分に挨拶すると、会釈を返しながら肩を並べて歩いた。

（そうか、親分さんがおれを弦辰に伴う曰くはこれだったか）

と思った。

「親分さん、うちの若旦那の二郎助さんが京の三味線屋に修業に行かれたのはご存じですか。修業に行かれたのが一年半も前のことです」

「うーむ、六代目を継ぐ壱太郎さんは店で見かけるが、次男坊の二郎助さんの姿はここんとこ見てないな。二郎助さんの京修業と蔵之助の鞍替えは関わりがあるのか」

善次郎は小さく頷いた。

「私ら下っ端の弟子は、なにも知らされていません。ですから、私がこれから話すことが真実かどうか親分さんが判断してください」

「おお、分かったぜ」

「元々、二郎助さんと蔵之助兄さんのふたりはウマが合うというのか、仕事場でも仕事が終わってもいっしょによくおられました。

不意に二郎助さんが京に修業に行かされたのは、親方の命でしょう。兄弟子の噂だと、柳橋かどこかの水茶屋の女をめぐってふたりが諍いをしたとか、その水茶屋で殴り合いをしたとか、親方がその水茶屋に詫びを入れ、かなりの金子が払われたとか。その騒ぎが収まったころ、二郎助さんを京の知り合いの店に見習い修業に出されたのです。この京の老舗は壱太郎さんが修業したお店です」

「ほう、そんな話が玄冶店にあったのか。五代目め、玄冶店の暖簾を気にかけたかね、幼馴染のおれを信頼していなかったか、下手な策を講じるからかような話になる」

と嘉次郎親分が険しい顔で言い放った。

「親分さん、最前も申し上げました。兄弟子たちの噂話です、大仰に話されたことかもしれません」

「案ずるな、おめえの言葉は忘れちゃいねえ。ところで二郎助は京に修業に行かされた。一方の蔵之助は玄冶店に居づらくなったか」

「はい、親方から直にお叱りの言葉はなかったとか。弟子頭の柱六さんが手厳しく蔵之助さんを叱って、しっかりと修業をし直せと命じられたそうな」

「五代目、なんぞ考えがあってのことかな」

善次郎は呟きとも思しき嘉次郎の言葉にはなにも答えなかった。すると、

「そんな折りに、これから行く弦辰から弟子頭の誘いがあったということか。そのあたりのおめえの判断はどうだえ」

「となると、弦辰は玄冶店の動静に常に注意を払っているということですか」

「おお、弦辰はな、玄冶店の三味線造りの後塵を拝していることはおめえに説明する要はねえな。なんとしても江戸一の三味線造りにして三味線店にのし上がりたいはずだ。

そんな折り、五代目小三郎の次男が弟子の蔵之助と諍いを起こして次男は京に修業に出されたが、片方は弟子頭からの叱りだけで終わった。となると、蔵之助の玄冶店での立場が微妙になったんじゃねえか」

善次郎が小さく頷いた。

「そんな騒ぎに弦辰がくさびを打ち込んで、蔵之助がそいつに乗っかったというわけか。

小三郎め、二郎助と蔵之助のふたりを呼んで、その場できつく叱ってよ、手打ちをすればよかったんだよ。己の倅だけを京に放り出すから、かような厄介なもめごとが起こる」

と竈河岸の親分が言い放った。

「善次郎、おまえがおれに道々話したことは忘れよ。おれはこれから弦辰で蔵之助がどんなしくじりをやったか調べる。そんな中で最前おまえが話したことが本当かどうか知れてこようじゃないか」

と嘉次郎が善次郎に告げ、

「弦辰でな、玄治店とは違った三味線造りのやり方を見てみよ。そいつが少しでも三味線造りに役立つといいがな」

「はい、どなたであれ、職人衆の仕事を見ることは大切かと思います」

「その気持ち、忘れるんじゃねえぞ」

と嘉次郎が言ったとき、ふたりは元大工町の弦辰の小売店の前に立っていた。

二

一刻半（三時間）後、善次郎は竈河岸の三味線長屋に戻った。

長い一日でなんとも妙な日だが、仕事場では伊那造がいつものように棹を削っていた。

「あら、独りだけ戻ったの」

と二階の材置き場から小夏の声がした。そして、ぶちが善次郎の帰りに気づいたようで伊那造の台場から離れた善次郎の作業場から尻尾を振って吠えた。

三味線長屋がいつもと違うと感じているのか、作業場を守っている感じの応対だった。

「竈河岸の親分さんを家まで見送って戻ってきました」

善次郎は伊那造に報告した。そこへ小夏が下りてきた。台帳と筆を手にしているところを見ると帳付けの作業をしていたのだろう。

「善次郎兄さんも弦辰の店に行ったたってね」

と伊那造から聞いたか、そう質した。

「親分さんに誘われてな」

「どうだったの」

「表は三味線の小売店だから作業場だけのうちとは雰囲気が違うよな。お客さんもいたからよ、華やかだったな。親分さんは店をちらりと見ただけで、おれを弟子たちの作業場に残して、すぐに奥の辰吉親方の作業場に回ったからさ、おれが見たのは弟子たちの作業場だぜ、小夏」

「弦辰の作業場はどうだったの」

と無口な父親に代わって小夏が善次郎に質した。

「親分さんだけが弦辰の三代目の辰吉親方の作業場に入ったと言ったろ、その前におれにさ、弟子たちが作業する仕事場に残れ、おまえが要るようなら、その折りは呼ぶからと申されて、辰吉親方には竈河岸の親分さんだけが会われたんだ。結構長い時間、ふたりは話をしていなさったな」

「兄さんは弦辰の弟子衆の仕事場に残されたのね」

「ああ、親分さんがおれひとりを仕事場に残したのにはわけがあったんだ。こういう際しか、他所の三味線造りは見られないからとくと見てこい、と元大工町に行く道々おれに言いなさったんだ」

そんなわけで、親分と弦辰の三代目の辰吉親方の話が容易く終わるとは善次郎は最初から思ってはいなかった。

「へえ、親分さんたら善次郎兄さんにそんな親切を、驚いたわ。弦辰の職人衆になにか言われなかったの」

「うん、なにしろ竈河岸の親分さんがおれに残れと言った言葉を弟子衆みんなが聞いているだろ。文句をつけたくても嘉次郎親分の言葉には逆らえないからね。

だれもなにも言わなかったな。最初はさ、なんぞ珍しい生き物でも見ているようだったな」

竈河岸の御用聞き嘉次郎の名は江戸じゅうで知られていた。弦辰の弟子が逆らえるわけもない。

「小夏よ、居心地は決してよくなかったぜ。作業場の土間の隅に切株があったから さ、ぺこりと弦辰のお弟子衆に頭を下げて腰を下ろしたんだ」

「そりゃ、居心地は決してよくないでしょうね」

「おおさ。うちの玄治店の店と同じくらいの数のお弟子衆が作業をしていたな。まあ、ともあれ三味線造りの作業場だ、じろじろ見なくたって弟子衆がどんな仕事ぶりかくらいはおれにも察せられるさ。そのうち、弟子衆もこちらのことをちらりちらりと見ていたがさ、兄さん株のひとりがよ、おめえさん、玄治店の善次郎だよな、と訊いてきたんだ」

「兄さんのことを弦辰の兄弟子が知っていたの」

小夏の問いに頷いた善次郎は、その場の問答を伊那造と小夏に事細かに聞かせることにした。

「おまえさんよ、花梨棹の三味線をこさえているんだってな」

と兄さん株が善次郎にいきなり質した。

「ご一統様、おれは玄冶店に奉公に入ってわずか七年しか経っていませんや。どこからそんな話が出たか知りませんが、おれは玄冶店の下っ端弟子です。つい最近、玄冶店から三味線長屋に行かされて、桜や樫の材の管理をしたり下拵えをしたり、伊那造の親父さんに棹造りの基を習い始めたばかりの青二才です」

善次郎は蔵之助の一件に絡む話を正直に言う気はなくこう告げた。するとその場の弟子たちの表情が急に変わった。

「そうだよな、いくら玄冶店たって、修業七年で特別な三味線造りができるわけねえよな。それも異国産の花梨なんぞを扱えるわけもねえ」

との兄弟子の言葉にわいわいがやがや弟子たちが話し始めた。

玄冶店の作業場と違いどことなく和気あいあいとしていたと言いたいが、緊張を欠いているように善次郎には思えた。

「兄さん、お訊きしてようございますか」

「おお、おれたちは同業だよな、なんでも訊きねえ。知っていることは教えてやろうじゃないか」

「花梨棹の三味線造りなんて話がこちらにはあるんですか」

「あるわけないだろ。うちに鞍替えしてきた蔵之助って野郎が言い出したことだ。おお、蔵之助は、玄冶店の職人じゃなかったか」

「へえ、蔵之助の兄さんがこちらに世話になったとき、うちの親方も兄弟子衆もびっくり仰天しました。なんでも兄さんは身内の都合で玄冶店を辞すと親方には話したようで、数日後、こちらに移ったと聞かされて、呆れたり魂消たり、作業場じゅうが落ち着きませんでしたよ」

「だろうな。あの野郎、玄冶店の親方も騙しやがったか」

善次郎と兄弟子のやり取りをほかの弟子も作業の手を止めて聞いていた。

「はあ、蔵之助兄さんはこちらでなにかありましたので」

「おめえ、知らないのか。蔵之助はもううちにはいないや」

「はああ、どういうことです。巷の噂では、弟子頭として誘われたって、当人が言いふらしていると聞きましたがね」

「善次郎って言ったかえ。弦辰の弟子頭はこのおれ、市松だぜ。確かにあいつがこちらに姿を見せた折り、そんな挨拶をしていたな。だがな、三十年の奉公をして弟子頭に就いたおれをないがしろにする話が通用すると思ってか。もめごとがあったがな、弟子のみんなが、おれについたからよ、あいつは、親方の助っ人として奥で仕事を始めたぜ」

「奥に蔵之助兄さんはおられますので」

「おれが辞めたと言ったのを聞き逃したか」

「いえ、玄治店に後ろ足で砂をかけて辞め、こちらに来てひと月足らずで出ていったとなると、どこで働くのでしょうか」

「おめえさん、なにも知らないようだな」

弟子頭の市松の隣に台場を構えた二番弟子が善次郎にそう言った。

「玄治店では蔵之助兄さんのことは一切話されませんので。こちらに勤め替えしてすぐに辞めるなんていったいどういうことでしょうか」

「あいつのやることなんて、だれにも分からないよ。親方の隣でおとなしく三味線造りをしていたがさ、確かに玄治店に奉公しただけの技量は持っていた。ところがその技量によ、うちの客の、吾妻橋西詰の花川戸の銀之助親分が目をつけてよ、仕事が終わったあと、ふたりはしばしば会って呑み食いしていたようだ」

「友介、花川戸の親分の話はなしだ。親方も扱いに困ってなさるんだ」

と弟子頭の市松が忠言した。

「おお、うっかりしていた、弟子頭」

と慌てた友介と呼ばれた二番弟子が、

「おめえさん、花川戸の親分の件は忘れてくれ」

と善次郎に願った。

「へえ、むろんです。ともかく蔵之助兄さんはこちらも辞めたってことですね」

「そういうことよ。確かに一応の業前は身につけているがよ、なんというか、あいつ、焦っていねえか」

と市松が言い切った。

「蔵之助兄さん、これからどうするんだろう」

と善次郎が独り言を漏らした。

「おまえさん、蔵之助が玄冶店を辞めたとき、親方がこれまで働いてきた給金を持たせたと言ったな」

と市松が質した。

「はい、身内の都合で辞めるってんで、親方はそれまで勤めてきた給金のほかになにがしが金子をつけられたようです。こちらに鞍替えなんて知らなかった親方はおそらく何十両か兄さんに渡されたようです」

「そうか、やつはその金子を持ってやがったか。市松の兄さん、花川戸の親分との呑み食いは、この金子でかねえ」

「おお、間違いあるまい。今じゃ、二十数年働いた給金も銀之助親分に使わされているな。善次郎さんよ、職人が夜ごと出歩いて、地道な職人仕事が務まるはずもなかろう。花川戸の親分が素人の蔵之助を手玉に取るくらい容易い話よ。うちの親方もあいつに愛想を尽かして、独り立ちしねえと弦辰から追い出したのよ」

花川戸の銀之助親分の名を出すなと言った当人がそれをあっさりと覆し、新たなことを口にした。となると、

「分かったぞ」

善次郎より七、八歳は年上と見える弟子のひとりが問答に加わった。

「ここを辞めた蔵之助がおれを待ち伏せしたように会ってよ、なんぞ金儲けの口はないかと訊いたのは、玄治店の給金をすべて遊びに使って一文なしになっていたからじゃないか」

「それがいつのことです」

と善次郎が問答に加わった。

「つい最近のことよ。あいつがさ、銭に困っているならば、おまえさん、花梨棹

の三味線をこさえれば一発で金儲けできるよ、と唆(そそのか)したのさ。ああ、花梨のことは、うちに来たとき、蔵之助がこの場で自慢げに喋っていたからさ、この場の者は全員耳にタコだ」

「蔵之助兄さんはそんな自慢をこの場でしましたかえ」

「まるでひとつ話のように繰り返し自慢していたな、この場の皆に嫌われた理由でもあらあ。あんな自慢しなくてもさ、玄冶店で磨いた技量があれば、どこでだって食っていけたのにな」

と三番手の弟子が善次郎を見てうらやましげに言った。

二十数年分の給金を使い果たし、鞍替えした弦辰にもいられなくなった蔵之助がおそらく三味線長屋にひそかに様子を見に来て、善次郎が花梨の棹造りをしていることを確かめたのではないか。花梨棹の三味線に縋(すが)った曰くを善次郎は承知したと思った。

「善次郎さんよ、おめえさんは竃河岸の御用聞きとうちになにしに来なすった」

とふと思い出したように市松が訊いた。

「へえ、親分さんに三味線に関わる一件ゆえ、と言われて従ってきただけです。竃河岸の親分さんの口が堅いのは有名で、私のような半端な職人には、御用のことはなにも説明してくれません」

「だろうな」

と市松が応じて、

「おめえさん、三味線造りが好きか」

と訊いた。

「むろんです」

「玄治店の修業はうちより厳しいと聞いている。蔵之助の行状を見るに見かねた小三郎親方が困って竈河岸の御用聞きに相談したんじゃないか。それでよ、親分が蔵之助のことをうちに訊きに来たんじゃないか」

かもしれません、と答えた善次郎は、ふと思いついた。

「蔵之助兄さんがこちらに弟子頭で勤め替えした一件には、最前話された花川戸の親分さんが最初から一枚嚙んでおられませんか」

市松が善次郎に視線を向けて、

「おれもな、うちの親方が誘ったというより、以前から花川戸の銀之助親分と蔵之助は顔見知りでさ、親分の口利きでうちに来たんじゃないかと思っていたんだ」

と言い出した。

「そうだと話が通りますね」

「おお、話が通るな」

と市松が言い、

「善次郎、うちの三味線造りを見ていきな」

と台場のそばに寄ることを許してくれた。


三味線河岸の作業場で、善次郎の伊那造と小夏の親子への報告は終わった。

しばし無言で善次郎の話を聞いて沈思していた伊那造が、

「弦辰の弟子たちの三味線造りを見てどう思った、善次郎」

「弦辰の三代目の辰吉親方とうちの五代目小三郎親方の三味線造りのやり方が大いに違うのが面白いと思いました」

としか答えなかった。

弦辰の三味線の音色は知らないが、三味線の造りは、過剰に派手だった。好き嫌いで言うならば、玄治店の渋い縞模様が大好きだった。そのあたりが弦辰と玄治店の違いだと思った。

「そうか」

と短く答えた伊那造が、

「蔵之助もな、おめえが気づいた違いを分かっていれば、どつぼに嵌ることもなかったのにな」

と嘆息した。

「元大工町の帰り道、竈河岸の親分さんと話したの」

「ああ、弦辰の兄さん連から聞いた話はすべて告げた」

「親分さんはなんと言ったの」

「最初はな、ふっふっふふ、と忍び笑いされて、『おまえに弦辰の三味線造りを見せるだけのつもりだったんだが、おれの御用を手助けしてくれたか』とあとは苦笑いに変わったな。なんぞ、親分さんの御用を手助けしたかな」

「どうやら親分さんがあちらの親方と話し合ったことを善次郎兄さんの話が裏づけたようね。そういうことよ、ひょっとしたら竈河岸から善次郎兄さんに手下にならないかって引き抜きが来るかもね」

と小夏が言った。

「親分さんは弦辰の親方とふたりだけで話し合ったことを善次郎兄さんに話して

くれたの」

小夏の問いに首を横に振ると、

「親分さんがそんなことを話すと思うか」

と言い返した。

玄治店と弦辰両方の三味線造りに関わる蔵之助の一件は、表沙汰になると二軒にとって決して宜しくないと竈河岸の親分は判断し、蔵之助と花川戸の銀之助親分の双方をきつく叱りおくことで一件落着させるのではないかと、善次郎は推量していた。そんな御用聞きが福耳の親分だった。

「そうね、職人は口より手がなにより大事なのよね。にもかかわらず蔵之助兄さんは作業場の外ではぺらぺら喋っていたようね。きっと親分さんは呆れておいでなのよ」

そんな小夏の話を聞いた善次郎が、

「小夏ちゃんが十五に近々なるだなんてどうしても思えないよな。まるでおれより年上に思えるぜ」

「わたし、善次郎兄さんより年上だなんて嫌だな」

と首を傾げる小夏に、

「ともかくさ、今日一日怠(なま)けたんだ。明日からまた三味線造りに戻るよ」

と言い切った。

「ならば、お父つぁんと仕舞湯に行って気持ちをさっぱりしてきて。その間に夕餉の仕度をしておくからさ」

と小夏がふたりに命じた。

三

湯屋でかかり湯を使い、柘榴口(ざくろぐち)を潜って湯船に浸かろうとしたとき、刻限が刻限のせいか、ふたりのほかには客はいなかった。

首まで湯に浸かった伊那造が、

「五代目に会ったか」

と最前善次郎が告げなかったことを質した。

「親分さんは、ちょっと考えたいことがあるから五代目とは明日会うと言われて、おれが報告に上がることも遠回しに断られました」

とぽつんと善次郎が呟き、

「親父さん、蔵之助兄さんの所業が世間に知れ渡れば、兄さんはもはや三味線造りの職人として生きていけませんよね」

「玄治店と弦辰の二軒の三味線造りの店をしくじったのだ、少なくとも江戸では生きていけねえな」

　と伊那造が明言した。

「竈河岸の親分さんは蔵之助兄さんが生き残られる道を考えておられるのではありませんか。そのことを五代目と話し合うのではありませんか」

伊那造は善次郎の推量にしばらく考え込んだ。

「別れ際、親分さんはもはや玄治店や弦辰が出る幕はねえ。蔵之助と花川戸の銀之助親分のことはおれに任せねえ、とおれに漏らされました」

「そうか、もはや玄治店や弦辰が出る幕はねえか」

と呟いた伊那造が両手に仕舞湯を汲んで顔をごしごしと洗い、

「親分さんの厚意を蔵之助が素直に受け止めるといいがな」

　と言い添えた。

三味線長屋に戻ると、小夏が大振りのいわしを七輪で焼いていた。

「おお、おいしそうだな。手伝おうか、小夏ちゃん」

「わたしは、兄さんより年上なんでしょ。弟の手なんか借りずに夕餉の仕度くらいできるわよ」

と最前の善次郎の言葉を気にしているのか小夏が言った。

「おりゃ、小夏ちゃんを褒めたつもりだったが嫌味に取られたか」

思わずちゃんつけにして呼んだ。

「はい、わたしは善次郎兄さんより六つも年下なんですからね。そのちゃんつけも一切やめて呼び捨てにしてと言ったわよね」

「いいのか、小夏で」

「兄さんはあれこれ気を遣いすぎよ。気を遣うのは三味線造りだけでいいわ。大仕事が待っているのですからね」

「ああ、気持ちをさっぱりさせて胴造りにかかるぜ」

善次郎の言葉を聞いた小夏が、

「お父つぁん、酒をつけましょうか」

「酒か、悪くねえな」

とこちらは素直に喜んだ。

小夏はさっさといわしを焼き終えるとすでに用意してあった燗徳利(どっくり)で燗をつ

け始めた。なんとも手慣れた仕事ぶりだった。善次郎は、

（小夏は十四歳でもやっていることはいっぱしの大人だ）

とひそかに思った。

「おっ母さんが生きていたときは、お父つぁん、毎日一合足らずのお酒をちびちびと愛（いと）おしげに呑んでいたわね」

「玄治店じゃあ、いくら年季の入った弟子だって呑めねえからね。五代目はおれが酒好きだというのを承知していてな、この三味線長屋に移して一家だけの暮らしをさせたのかもしれねえな」

珍しくこの宵（よい）はふだん無口な伊那造が玄治店の思い出に触れた。

「親父さんはこちらに来て晩酌するようになったんで」

「善次郎、おめえ、玄治店で酒を呑んだことがあるか」

「弟子頭の柱六兄さんたちには盆や正月とか、親方の造った注文の三味線が出来上がってお客に渡した宵とかに酒が出て呑んでいましたね。おれはまだ酒の味は分からないし、あちらで呑んだ覚えはありませんや」

「それが玄治店の昔からの習わしよ」

「お父つぁん、燗がついたわよ」

小夏はふきんを巻いた燗徳利の首を摑んで伊那造の膳に置いた。

「小夏、おれの膳にも盃があるぜ」

「兄さん、前祝いよ。胴造りがうまくいって善次郎兄さんの三味線ができるようにね。ちょっぴり口をつけてよ」

小夏の言葉に善次郎が頷き、伊那造が燗徳利を摑むと、善次郎に差し出した。

「親父さん、先におれに注がせてくんな」

「小夏が言うように前祝いの酒だ。おめえが先だ」

と伊那造が善次郎の慌てて手にした盃に酒を注いだ。そして、その盃を盆に置いた善次郎が、次に伊那造の盃にとくとくと音を立てながら注いだ。

「なんだか、一人前の職人になった気分だぜ」

盃を手にした善次郎が酒の香りをかいだ。そのとき、猫稲荷で会った折りの蔵之助の口から酒のにおいがしたことを思い出していた。

「蔵之助は酒におぼれやがったな」

と善次郎と同じことを考えていたか、兄弟子の伊那造が言い、

「酒におぼれちゃいけねえ、酒は楽しむものだ」

と己に言い聞かせるように言うと盃の酒を口に含んだ。それを見た善次郎も半

分ほど入った酒をちょっぴり舐めた。

「おっ母さんに見せたかったわね」

と小夏が笑みの顔で言い、

「頑張ってよ、善次郎兄さん」

と言った。

盃に残った酒をゆっくりと噛みしめるように呑み干した善次郎は盃を膳に置くと頷いた。


翌未明、ぶちを連れて散歩に出た善次郎は三味線長屋の作業場に戻る前に猫稲荷に詣でて、

(本日から胴造りに取りかかります)

と無事に果たせるように祈った。

作業場に戻るとぶちのエサと善次郎には茶碗が置かれてあった。棹造りと同様に、気持ちを集中できる空腹のまま胴造りに挑みたいと前夜小夏に言い残していたからだ。

ぶちが昨夜の残りめしにいわしのほぐした身をかけたエサを食べ始めたのを見

た善次郎は、茶碗を手にした。すると掌に茶碗のぬくもりが伝わってきた。

小夏の厚意を口にすると、なんとも甘い、蜂蜜入りの茶で、それを喫した。

瞑目して小夏の気遣いに感謝すると、昨日、台に置いた桑材を見た。なんと木取りをするはずだった桑材が消え、棹と同じ花梨に代わっていた。その傍らに小夏の字で、

「お父つぁんの考えよ、胴も花梨でこさえて。兄さんならばやれるわ」

との文が置かれてあった。

(なんと胴も花梨で拵えろか)

とくと見るとなんとも美しい縞模様だった。

胴木の花梨材を台に置き、じっくりと検(あらた)めた。

(よし)

予定を変えた。

この日、棹と同材の花梨を観察することにした。この花梨材からどう四枚を切り出し、組み合わせるかひたすら考えた。幾たびも頭の中で出来上がった縞模様を思い描いてみた。

二日ほど花梨材を見ながら考えた。

その様子を親子はじいっと見ていたがなにも言わなかった。

（いよいよしくじれないな）

胴造りの過程も棹造りと同様に、木取り、荒削り、中仕上げ、仕上げと作業を進めていく。

善次郎は二日間思い描いていた胴の縞模様を仔細に検めると木取りに取りかかった。鉋や鑿や小刀の手入れは、前夜のうちに終わっていた。

胴木は、花梨の年輪が美しくなるように木取りする。それも胴の表面の縞目がどう組み合わされて変化するか見極めながら、鋸で切り出していくのだ。

善次郎が仕事に集中している折りは、ぶちは台場の傍らに敷かれた古座布団の上で丸まり、じいっ、と動きを眺めていた。

善次郎の動きを見ているのは、ぶちだけではない。

伊那造と小夏の親子も自分の仕事をしながら、ちらりちらりと遠目から眺めていた。

この日、善次郎は四つの胴木の切り出しを終えるつもりだった。だが、急ぐ要はない。手を動かしながら花梨の年輪と、

「無言の問答」

をしていた。

まず胴用の異国産の花梨は、棹造りに使った花梨より少し柔らかなものが選ばれていた。それを確かめてから上下左右に使う四枚の木取りを始めた。善次郎が脳裏に描いた縞模様をこの段階で確かめるのは難しい。

一本目の木取りで善次郎は花梨の年輪の模様に初めて接する。この日、一日かけて四つの木取りを終えた。この四つの花梨片を組み合わせて、善次郎が初めて花梨のみで造る三味線の胴模様が決まるのだ。

四つの模様を見ながら、幾たびもいくたびも思案した。善次郎が考えていた模様とは微妙に違っていた。

(どうしたものか)

この迷いの答えは三日間、浮かばなかった。わずか四つの木片の組み合わせに狂いが生じていた。

四日目の朝、小夏が善次郎に、

「今日の昼下がり、一刻半ほどわたしに付き合ってくれない」

と話しかけた。

善次郎は無言で小夏を見返した。賢い十四歳の娘が気分転換に誘っているのはようう分かった。この悩みは己ひとりで解決すべきものだと思って断ろうかと思った。

「善次郎兄さん、わたし、お父つぁんの仕事を見ていて、迷った折りの棹の出来は決してよくないことを承知よ。お父つぁんは九分どおり出来上がった棹を壊して玄治店に納めなかったことが幾たびかあったわ。

強引に仕上げへ進むとどうなるかしら」

善次郎は小夏を見直して頷いた。

「兄さん、湯屋の隣にある竈河岸の梅床は承知よねえ」

「おお、久しく梅床にも行ってねえな」

「湯屋でさっぱりして梅床の親方に頭を拵えてもらいなさいな」

分かった、と善次郎は返事をすると、四つの花梨の木片を見ることなく道具の手入れをした。そして、湯屋から梅床に回ると、梅床の主の梅次が、

「善次郎はよ、玄治店を追い出されたそうだな」

と笑い顔で言った。

「へえ、三味線長屋の作業場にしゃがんでおります」

「伊那造父つぁんは元気だろうな」

「へえ」

「偶には髪結いに来ないかとおれが言っていたと告げてくんな」

と善次郎を座に上げた親方が、

「おめえの頭もひでえな。いいか、小夏ちゃんに嫌われるぞ。そんな頭じゃよ」

「小夏に梅床に行ってこいと命じられたんです」

「だろうな」

と応じた親方が元結をぷつんと切り、

「この頭じゃ何月も洗ってねえな」

と言いながら手際よく髷をほぐして調髪し、顔の髭剃りもしてくれた。半刻後、

「おお、これで玄冶店の美男子善次郎に生まれ変わったぜ」

と言った梅次親方が顔を寄せると、

「おめえ、蔵之助と揉めごとを起こしてねえか。つい最近、うちに来てよ、髪をあたらせたはいいが、巾着を忘れたと言い訳したあとよ、すぐに払いにくらあと言い残して姿を消したのがおとといかね。なあに、最初から払う気はねえのよ」

と言った。

「親方、蔵之助兄さんはもう玄冶店にはいませんぜ」

「この界隈の連中は元大工町の弦辰に鞍替えしたのも、あちらをしくじったのも承知よ。一番腹が立っていなさるのは五代目の小三郎親方よ。二十数年修業してきた弟子が同業に鞍替えだと、これだけで許せる話じゃねえや」

「へえ、おっしゃるとおりでさあ。ともかく兄さんの借金は、おれが払っていきますぜ」

「善次郎、弟弟子のおめえからもらう謂れはねえよ。それよりな、おめえに花梨の三味線を造らせているんだ、こいつが売れれば、おれも独り立ちだと言っていたぜ。そんな話ありか」

「蔵之助兄さんがそんなことを、呆れた。おりゃ、未だ玄冶店の五代目の弟子で、今は三味線長屋で修業をする身ですぜ。なぜ、玄冶店を飛び出した兄さんの三味線を造らなければならないんで。でいいち、花梨の三味線ってなんですね」

善次郎の言葉を聞いた親方が、

「そうか、あいつ、どこへも行くとこねえか。それでそんなヨタ話をして回っているのか」

と言い放ち、結局竈河岸の嘉次郎親分の温情も蔵之助は聞き入れようとしなかったか、と善次郎は思った。

「それにしても弟弟子のおめえさんにしつこく集るなんて真似をするものかねえ」

と首を捻った。

「おれにも分かりませんや。兄さんにとって、おりゃ、与しやすいのかねえ」

「うちの客の何人もがあいつに集られたそうだ。だが、あいつの行状はこの竈河岸の面々ならばだれもが承知よ。なにより後ろ足で砂をかけた五代目の小三郎親方の面目をさらに汚してることがどうして分からないかね」

と最後に梅次が言った。

三味線長屋に戻ると、小夏も外着を着ており、

「善次郎兄さん、これに着替えてね」

とさっぱりとした単衣が出ていた。

「親父さんの単衣じゃないのか、小夏」

「もらい物の単衣地があったのよ。なにかの場合にと知り合いに仕立ててもらったの。わたし、おっ母さんから仕立てを習う暇がなかったから」

と言った。

小夏が善次郎を連れていったのは、三味線の師匠で素踊りの名手でもあるにしきぎ歌水の稽古場だった。歌水は清元の名人とも善次郎は聞いていた。

「月初めの五の日は歌水師匠の弟子たちのおさらいの日なの。歌水師匠も気が乗った折りには三味線を弾かれるし、踊りも見せられることがあるわ」

と言った。が、それ以上の説明は付け加えなかった。

小夏は善次郎に、花梨の細棹の注文の主を見せようとしていた。

父親の伊那造は、歌水師匠には五代目の小三郎の許しを得て会わせると言ったが、小夏はおさらい会の見物を名目に善次郎に歌水の三味線の弾き方を見せようとしているということか。

花梨の胴木造りに迷う善次郎を見て、小夏は大胆なことを考えたのだ。

善次郎は小夏の厚意を黙って受けることにした。

「あら、小夏ちゃん、珍しいじゃない。お師匠さんがいつも案じているわ。お千さんの一回忌が過ぎないと稽古には来られないかね、とさ」

と歌水の弟子頭と思しき三十代の女が小夏に声をかけたのをきっかけに、大勢の弟子たちが小夏と話したがった。そして、善次郎のことを気にした。

だが、善次郎を伴ったことには一切なにも触れなかった。
そんな小夏と善次郎のことを歌水師匠も気にかけていた。そのせいかどうか、
おさらい会の中ほどで歌水師匠が嫋々とした三味線を弾いてみせた。その模様を
善次郎が食い入るように見つめていた。
おさらい会が終わったとき、にしきぎ歌水師匠が小夏を呼んだ。
善次郎はおさらい会で芸を披露した大勢の弟子たちの近くに独り残り、上気し
た雰囲気を楽しんでいた。そして、歌水師匠の三味の音を、手の動きを克明に思
い出していた。このことが花梨の三味線造りにどのような影響を与えるか、分か
らなかったが、なんとしても、
「花梨の一棹はおれが造る」
と気持ちを新たにしていた。
そんな善次郎のもとに小夏と歌水師匠が寄ってきた。
「あなたは玄冶店の五代目の弟子ですってね」
と声をかけられた善次郎は驚きの表情で、
「へ、へい」
「どうだったの」

「師匠、どうだったとはどういう問いでございましょうか」

ふっふっふ

と笑った歌水師匠が、

「私の三味線を聞きたかったのでしょ、そのことよ」

善次郎はしばし瞑目し、

「三味線からあのような調べが導き出されるなんて驚きでした」

ふっふふと、ほほ笑んだ歌水が自分の弾いた三味線を持たせて、

「これ、四代目が最後に拵えてくれた細棹よ。小夏ちゃん、五代目のもとにこんな弟子がいたなんて」

とふたりに笑いかけた。

四

三味線長屋に戻ってきたふたりを伊那造は無言で迎えた。

「お父つぁん、歌水師匠のおさらい会に善次郎兄さんと行ってきたわ」

との言葉に、

うっ

と返答を詰まらせた父親がふたりを睨むように見た。

「小夏、お師匠さんと口を利いたか」

「挨拶くらいしなきゃあ、礼儀知らずよ。わたしは未だ師匠の弟子ですからね。師匠はおっ母さんの身罷った哀しみから立ち直ったのなら、稽古においでなさいと申されたわ。お父つぁん、五日に一度くらい稽古に出ようかしら」

伊那造はどう答えていいか分からないようで、長いこと黙り込んでいたが、

「おまえがその気になったんなら行けばいい」

とぽつんと言った。

「ありがとう、お父つぁん、そうするわ」

と答えた小夏から善次郎に視線を移した伊那造が、

「おめえは初めてか」

「へえ、玄冶店に参られる折りは、奥座敷にいきなり通られますので、お師匠さんとは初めてお目にかかりました」

「なんぞ話したか」

「小夏が口を利いてくれましたんで挨拶を申し上げました」

「それだけか。まさか」

と言いかけた伊那造が言葉を呑み込んだ。むろん小夏も善次郎も伊那造の突然止めた問いの先を承知していた。

「親父さん、お師匠さんはおれにおさらい会の集いで弾いた三味線を『これは四代目が最後に拵えてくれた細棹よ』と言われておれに持たせてくれました」

伊那造は未だこの一件をどう考えていいか分からず黙り込んでいた。

「おれ、先代が造った三味を客人が、いえ、三味線のお師匠さんが弾かれるのを初めて見ました」

長い沈黙のあと、ふうっ、と息を吐き、

「もはや、おれも五代目も出番はねえか」

と呟いた。

小夏がなにか口を開こうとした出鼻を折るように手で制した伊那造が善次郎を見て、

「おめえ、いよいよしくじりはできないぜ」

と告げた。

その言葉に無言ながら頷きで応じた善次郎は、

（花梨の三味線造りが失敗したとき、立場を失うのはおれだけじゃない）

と己に言い聞かせた。

翌日、作業場に入った伊那造は、すでに善次郎が四つに切り出した花梨が台に載っているのを見た。そして善次郎が一片を手にして木片の中ほどを高く、上下左右にゆるい丸みを持たせる丸めの工程を続けたのを見た。

伊那造は二日の間、善次郎が花梨に触らずにいたのを承知していた。花梨の年輪が組み合わせによって胴の表面にどのような縞目が出てくるか思い悩んでいた。だが、今日になってなにかを吹っ切ったように迷いなく削っていく善次郎の手の動きをじいっと見て、

（おれたち三味線長屋の三人は一蓮托生だな）

と思った。そして、自分の棹造りの作業に没頭した。

小夏は、二階の材置き場からふたりの職人が黙々と作業をするのを見た。

花梨の年輪を美しく浮かばせる木取りが、職人の技量と勘が試される作業だと、棹造りの老練な弟子の娘は承知していた。

善次郎の三味線造りの感性を最初に認めたのは五代目小三郎だった。玄治店の

作業場から外して伊那造のもとへ、三味線長屋の作業場へ寄こしたことを小夏はそう考えていた。そして、次に善次郎の三味線造りの勘を察したのは、父親の伊那造だった。その証しに、自分さえ手を付けなかった花梨の棹造りを己の代わりに命じたのだ、と思った。

五代目小三郎と棹造りの名人伊那造が認めたのは、若い善次郎の感性、勘だった。だが、その感性を形にする修業の経験が足りないのは伊那造も小夏も承知していた。

だが、もはや善次郎の手を止めることはだれにもできなかった。

季節は夏から秋にゆるやかに移っていた。

善次郎は慌てなかった。

ときに自分の造った花梨の棹を見て、思案に耽った。

何日も何日も胴木の木取りに取り組む善次郎が長屋に来るのは夕餉の折りだけだった。そんなとき、小夏は竈稲荷のクロのことや、歌水師匠の稽古場に一年ぶりに稽古に行ったことなどを告げて、仕事のことには一切触れなかった。

善次郎は、小夏が三味線と踊りの稽古を早々に再開したと聞いて驚いた。

「一年ぶりに三味線を弾いたのか」

「いえ、お師匠さんに素踊りをやってごらんと言われたの」

「どうだったえ、久しぶりの稽古は」

「うん、気持ちは逸っているんだけど、足腰と手の動きがどうにもぎくしゃくするのよ。でも、お師匠さんは褒めてくれたわ」

との言葉に伊那造が小夏を見た。そのまなざしには、

(そんな話ありか)

と疑いの意が込められていた。

「お父つぁん、お師匠さんがね、おっ母さんの哀しみに耐えた小夏の気持ちが踊りの動きに込められているよと言ってくれたの。むろん、ぎくしゃくした動きはだれよりもわたしが承知よ」

「そうか、お師匠さんがな」

そう応じた伊那造の両眼が潤んでいるのを小夏は承知していた。

「芸事は妙よね。稽古を一年しなくてもそれ以前に稽古したなにかが動かしてくれるのよね」

という言葉を善次郎は自分のこととして受け止めた。そして、小夏が長屋で独りになった折り、扇子を握って稽古をしているのを知っていた。

（おれに足りないものは修業の歳月だ。そいつを補（おぎな）うのはなにか）

と考えた。

十五歳を迎える小夏の言動が善次郎の迷いを知り、

（兄さんは若いのよ。修業の経験が足りないのは損だけではないわ、益もあるわ）

と言っているように聞こえた。

小夏が歌水師匠の稽古場通いを始めてふた月が過ぎたか、三味線長屋の作業場に立ち寄ったら、伊那造が善次郎の台場の前に立っていた。そして手に花梨の胴を持って眺めている。

小夏が戻ったのに気づいた善次郎が小夏を仕草で招いた。

しばし間を置いた小夏がゆっくりと作業場の善次郎の台に歩み寄った。その気配を悟った伊那造が小夏に、真新しい花梨の胴を差し出した。

小夏は両手に抱えていた稽古着や白足袋などを包んだ風呂敷包みをぶちの丸まった傍らに置くと、父親から四枚の花梨が組み合わさった胴を受け取った。

四枚の胴木の接着は膠（にかわ）でなす。膠での接着は時を要する。早く接着してしまうとゆがんだまま胴ができる。このことを避けるために、調子を見ながら慎重にぴったりと四つの片をつなげた胴がもともとひとつの材だったかのようにつける。

小夏は善次郎が膠を用意していたから、接着は承知していた。だが、一切見ないふりをして善次郎の得心のいく仕事が出来上がるのを待っていた。

「胴ができたのね」

と小夏は呟き、見事な接着に驚嘆した。

善次郎が器用とは承知していたが、七年の玄治店での修業で膠による接着まで五代目小三郎から盗んでいた。

善次郎が小夏を見た。

なんとも軽い胴だと思った。そして善次郎が造った花梨の棹にぴたりと合うと思った。見れば見るほど花梨の美しい縞模様に魅惑された、初めて見るのに虜（とりこ）になった。

四枚の胴木が膠で合体されて立体的に浮き出た木目は、善次郎の感性だった。おそらく五代目も考えつかない縞模様に出来上がっていた。若さが生み出したものだ。

伊那造と小夏の親子が案じたのは、善次郎の修業経験の不足だった。

小夏はあえて欠点を見つけようと気持ちを鎮めて見入った。

善次郎は小夏の懸念を超えて、木地を丁寧にていねいに削り、磨き上げ、艶出しをしていた。おそらくこのひと月、寝ている間も考えに考え、深夜に起きて艶出しを繰り返したはずだ。どこにも膠で張りつけた微細なあとはなかった。最初から花梨をくり抜いて胴木を造ったようだった。

経験不足を善次郎の感性と勘と丁寧さが補って、花梨の長い歳月が創り出した年輪から小夏が見たこともない、

「美」

を移し替えていた。

小夏は善次郎が丹精した胴木の表面をいとおしげに撫でた。その傍らに小三郎親方に預けてあったはずの花梨の棹があった。善次郎は胴と合わせるために返してもらったかと、小夏は推量した。そして、花梨材に惚れて、細棹の注文を五代目小三郎に願った歌水師匠の好みに合うだろうと思った。

「お父つぁん、こんな縞模様を想像していた」

伊那造が首を横に振り、

「おれには考えられねえ」

と言い切った。

「親父さん、小夏、なにか足りないか」

と善次郎が親子に質した。

「善次郎兄さん、こんな美しい縞模様の胴を見たことないわ」

と言いながら善次郎に胴木を返した。

「ありがてえ」

と素直に応じた善次郎に、

「この『綾杉(あやすぎ)』、おめえが考えたのか」

話柄を変えた伊那造は、胴のくぼんだ内側に彫り込まれた波形の刻み、綾杉と呼ばれる細工を指した。三味線の胴木をくり抜きではなく、わざわざ四枚の木片を組み合わせる理由のひとつを伊那造が指摘した。

胴の縞模様は三味線の外観の「美」だ。だから、三味線本来の音色の良し悪しとは関わりなかった。

一方三味線の命は余韻が残る音を生み出すかどうかだ。

「綾杉」は、本来の目的、音響効果を高めるためにほどこされるものだ。この綾杉によって三味線一つひとつの響きが変わった。

小夏は三味線の外観から想像もできない綾杉に拘って仕上げた善次郎に驚いた。

「へえ、玄冶店の奥座敷でちらりと見かける『綾杉』は五代目のものと、跡継ぎの六代目とでは異なりますよね。おれはおれ流の『綾杉』を刻み込んでみました」

「善次郎、その響きをおめえは想像できるか」

「いえ、できませんや。親父さん、先日、歌水のお師匠さんに持たされた四代目の胴の中を指先で触る想像をしてみました。だが、五代目の『綾杉』とも跡継ぎのそれとも違うだろうとしか分かりません。

おりゃ、おれの『綾杉』を、浜町堀に秋風がそよぐときにできる、細やかな波模様から思案しました。されどこいつばかりは、花梨の三味線が出来上がらないかぎり音色が聞けねえ」

「おお、善次郎、おめえの三味線造りは、未だ半ばだ。もう一度ふんどしを締め直して最後までやりきれ」

「へい」

と返答をした善次郎は、すでに造っていた棹を胴に合わせてみた。むろん本式に棹と胴を合体させたのではない。容子をふたりに見せたかったのだ。

「いい感じよ、善次郎兄さん」

「そうだな、悪くねえ」

小夏と善次郎の問答を伊那造は無言で聞いていた。その表情から、

(棹造りのおれの領域を超えやがったな)

という気持ちが小夏には見えた。

「兄さん、歌水のお師匠さんは、大舞台の華やかな藤娘の踊りを習得するより、素踊りを演じきるのが難しいと弟子たちに繰り返して注意されるわ。舞台の上にはなにもないのよ、ただの舞台にひとり、化粧もせず男は袴、女は着流しで、三味の調べで踊らねばならない、技もさることながら踊り手の感性やら人柄が出てくるというの。技に頼りすぎると余韻は醸し出せない。経験も習得した技も忘れたところで、その踊り手なりの素踊りが生じる。技を付け加えるより捨てることを覚えなさいと申されるわ」

「加えるよりも捨てることを覚えろか」

「兄さん、わたしにはまだ分からないことだらけだけど、師匠の言葉は耳に残っている。

三味線の大事は、音色よね。見えないところにまで気にかけて新しい綾杉を刻んだ仕事をした兄さんをすごいと思うわ。このまま花梨の三味線造りを楽しんで、

きっといい音色の花梨三味ができるわよ。わたし、一日も早くこの花梨三味の音が聞きたいわ」

と励ましてくれた。

だが、善次郎の三味線造りはそう容易くなかった。

三味線の最後の難関が待っていた。

余韻の調べを紡ぎ出すのが皮張りだった。余韻を生かすも殺すも皮の張り具合で決まった。

皮張りに直面したとき、善次郎は竈稲荷の黒猫を思い出した。

一張の三味線に一匹の生き物の命が捧げられた。このことを善次郎は思い出し、猫ではなく、なにか別の品で皮張りができないかと迷った。だが、思いつかなかった。

ふたたび善次郎の手が止まっていた。

なにに悩んでいるか、伊那造も小夏も承知していた。ゆえに口出しはできなかった。

善次郎は未明に起きるとぶちを連れて竈河岸から魚河岸、日本橋など水辺を歩き回った。だが、長年三味線の音を決めてきた猫に代わりうるものを見つけられなかった。師走に入った未明、まだ暗い竈河岸の稲荷社にお参りした。

川辺の常夜灯の灯りが小さな稲荷社の赤鳥居をほんのり見せていた。

ミャウ、と啼きながら姿を見せたクロがぶちに寄っていった。二匹は猫と犬の違いを超えて、身内のように親しげだった。

善次郎は、稲荷社に詣でるとクロを抱き上げて、稲荷社の階に腰を下ろした。

するとぶちも甘えて寄ってきた。

「どうしたものかね、クロよ」

と黒猫の顎を撫でた。

クロが善次郎の顔を見上げた。

(三味線造りの職人になったときに、覚悟をしたことじゃないのか)

という言葉が善次郎の脳裏に響いた。

「ああ、この八年、まだ先のことと考えねえようにしてきたがね」

ミャウミャウ、とクロが啼いた。

(甘いね、世間にはあれこれといやなことがいっぱいあらあ、そいつを乗り越えて一張の三味線ができるんじゃねえか。それができねえのなら三味線造りを辞め

るんだな）
と胸に険しい言葉が響いた。
善次郎がなにも答えられないでいるとクロが腕の中からひょいと飛び下りてどこかへ姿を消した。

しばらくぶりに台の上に胴を載せた。が、手は動かない。

どれほどの時が過ぎたか。

「ただいま」

と小夏の声がして姿を見せた。

「おお、今日は歌水師匠の稽古だったか」

と善次郎が応じると小夏が頷き、紙包みを差し出した。

「帰りに玄治店に寄ったのよ。五代目から呼ばれていたの。そしたら、善次郎兄さんにってこの紙包みを親方から渡されたわ」

「なんだろう」

「親方は、兄さんに渡せと言われただけよ。中身は知らない」

善次郎は台から胴木を下ろして紙包みを載せ、開いた。すると黒猫の猫皮が現れた。

「親方、なにも言わないけど兄さんの悩みを承知していたんじゃない。どうする、善次郎兄さん」

善次郎はしばし瞑目すると、両眼を見開いた。

もはや逃げ道はなかった。

「明日から皮張りを始めるぜ」

「ここを乗り越えなければ花梨の三味線は完成しないものね」

「ああ、悩むのはやめた」

「兄さん、ぶちの散歩ね、しばらくわたしに任せて。ねぐらも長屋に引き取るわ」

と小夏が善次郎に言った。皮張りに専念させようとしてのことだった。

「頼む」

と短く小夏に願った。

第五章　深夜のつま弾き

一

翌未明、井戸端で水を被（かぶ）った善次郎は真新しい下着に着替えた。

寛政七年の冬も半ばに差しかかっていた。

善次郎は作業場に戻った。

すると未明というのに伊那造が一張の三味線を手に立っていた。

「昔むかし、おれが造った三味線よ。先代によ、玄治店の奥座敷に呼ばれるとおれが造った棹に合わせる胴に『皮張りしてみろ』と命じられたのよ。親方の命に否も応もねえ。おれは、その日から何日か、親方の傍らに座って皮張りをやった。出来上がりを見た親方が、『伊那造、おめえ、棹造りは才があるが、皮張りはダメだ』と言って、おれは玄治店からこの三味線長屋に独り移されたのよ。おりゃ、先代がダメだと言った三味線を親方に願い、頂戴してこの作業場で棹造りを始めた。何年もダメだと言われた三味線を棹造りの傍らに眺め暮らして、おれの皮張りがダメなことが分かった。以来、おれは己がやった皮張りの三味を見てねえ」

無口の伊那造がぼそりぼそりと語をつぎ、

「五代目がこの作業場におめえを移した曰くは、おれの曰くとは違う。五代目はおめえの技量と勘は、皮張りまでできると踏んでこの作業場で働くことを命じられたのだ。

そんなおめえが皮張りを始めるに当たってよ、おれがおめえに貸す知恵はねえ。だが、先代に『皮張りはダメだ』と決めつけられた三味線から、おめえがなにを読み取るか、この三味をばらばらにして皮張りのどこがダメだったか、とくと調べて、おめえの皮張りにかかりねえ。おれの三味線はもう要らねえ」

と言うとその三味線を善次郎に渡した。

善次郎はそんな意が込められた三味線を受け取った。さほど重くないはずの三味線がずしりと手に重かった。

三弦職人伊那造の苦悩と悲哀がこの三味にはあった。それゆえ伊那造は棹造りの達人といわれるまでになったのだ。

伊那造が作業場から出ていき、ぶちを連れた小夏といっしょに散歩に行く気配がした。

(親父さんは己の欠点まで曝け出してこの善次郎に皮張りさせようというのか)

どさりと台の前に腰を落とした善次郎は、行灯の灯りで伊那造の皮張りを眺めた。

一見、昔に皮張りした三味線にはどこにも瑕瑾はないように思えた。いや、見事な出来だとさえ思えた。

己の皮張りの欠点が分からないかぎり、皮張りに手を付けるなと伊那造は命じていた。

この日一日、伊那造の皮張りを眺めて過ごした。伊那造の仕事に落ち度があったとは到底思えなかった。

当代の皮張りを奥座敷の作業場で見せられたことが善次郎にはあった。

皮張りの最初はまず鞣した皮を台の上に広げて、平らな砥石で何度もなんどもこするところから始まる。これは毛を取ることと同時に皮をのばすために行うのだ。

皮がのばされたあと、四角に広げられた皮の端を少し折り曲げてその部分を口にふくんで、丹念に噛んで柔らかくする。その箇所を、木栓と呼ぶ木製の挟み道具で挟んでいく。

皮が引っ張られてのびる間も切れたり裂けたりしないように端の部分を補強しておくのだ。

善次郎の脳裏に何十年か前に伊那造が皮張りをする光景が浮かんだ。だが、そうそう容易く伊那造の欠点が見えるわけもない。

何日が過ぎたか、不運にも使われることなく古びた三味線を善次郎は凝視して過ごした。伊那造と小夏の親子はそんな様子を見ながら、そのことに触れることはなかった。相変わらずぶちの散歩は親子で連れ出すこともあり、小夏だけのときもあった。

善次郎は夕餉の膳を作業場に運んできた小夏に、

「小夏、明日の散歩だがおれにやらせてくれないか」

と願った。

善次郎の皮張り作業が停滞していることは小夏も承知していた。それも昔、伊那造が四代目の小三郎に命じられ拵えた三味線を前にしてのことだ。なぜ父親が今になって昔造った三味線を善次郎に見せたか、いや、そんな三味線があることを小夏はこれまで知らなかった。

「いいわ」

とひと言答えた小夏は次の日、三味線長屋から作業場にぶちを連れてきた。そして、善次郎にぶちの散歩を託した。気分を変えるためと小夏は承知していた。

善次郎はぶちと己の作業場で暮らし、散歩をさせる生活に戻した。

散歩をさせるようになって何日目か、散歩のあと、善次郎が久しぶりに伊那造の三味線に向き合った。

善次郎は、張り台に載せた胴木に平らに糯糊(もちのり)を竹へらで塗ったあと、余分にはみ出した糊を伊那造が指先でこすり取ったのを、

「見た」

と感じた。

何十年か前、伊那造が苦労する光景が浮かんだ。

糯糊はつくり置きができない。その日に使う分だけつくる。そんな糯糊が徐々にゆっくりと乾いていく間、皮が張りつめられのび続けるのだ。

この胴木の上に木栓で挟んだ皮を載せ、掌で上から胴木に馴染むようにこすっていく。さらに張り台と木栓に麻紐(あさひも)をかけて楔(くさび)を打って麻紐を締めつける。なんとも根気の要る作業だった。

善次郎は伊那造の皮張り作業を想像し、五代目の皮張りを思い出していた。

(ふたりの皮張りにどこでどう違いが生じたか)

善次郎は伊那造の三味線を眺め、ひさしぶりに触ってその感触を確かめた。だが、ばらすことはしなかった。

作業を再開して何日目か、善次郎はただ眺めつづけていた。

皮張りを終えたら麻紐をかけたまま炭火にあてて乾燥させる。ゆえに皮張り作業を行う玄治店の作業場には夏でも火鉢に火が熾っていた。

この作業では火が強すぎると皮が破れることがある。乾燥作業のぎりぎりまでの加減も三弦職人の勘がたよりだ。

善次郎は、五代目小三郎が跡継ぎになるはずの倅に、

「いいか、限度いっぱいに皮を張るのは、もうひと引っ張りしたら裂けると感じたその瞬間に止めるのだ。

親方のおれにも、ここだと教えられねえ、皮張りをなす職人の勘だ。むろん失

敗もある、何月もなにしてきた三味線造りをふいにした、ということはどういうことか、皮になった猫の死が無駄になったということだ。猫の皮に三味線の調べを聞かせてやれ、そんな皮張りをなせ、こいつを頭にたたき込んでおけ」

と教えていた言葉を思い出していた。

伊那造が失敗した三味線の皮張りに使われた猫もまた三味線独特の、

「余韻のある音」

をこの世に知らしめることなく善次郎の前にあった。

もはや日にちの経過は忘れた。

善次郎は伊那造の三味線の皮張りをばらしていくことにした。伊那造の皮張りの失敗を認めようとしてのことではない。大きくは皮張りの過程を完成していた時点から遡(さかのぼ)って改めていこうと思ったのだ。

三味線造りの年季が足りない分、伊那造の手の入ったものからその呼吸と技を覚えようとしてのことだ。

とことん、皮張りの工程を頭と手足に覚え込ませることで、伊那造の皮張りの技をなぞってみようとしてのことだ。むろん半人前の三弦職人が容易くできることではなかった。

半日かけて胴木から皮を外し、端の強度が増した箇所を克明に見た。だが、なんの考えも浮かばなかった。

善次郎の眼前に伊那造が修業した技があった。ここからなにをくみ取れと言うのか。次の日もその翌日も皮張りを外した胴木を見詰めて過ごした。

この日、善次郎は胴木の内部、音響効果を高めるという綾杉を、伊那造の唯一の綾杉を見ていた。棹造りの達人が造った胴木の内部は見事に刻み込まれていた。胴の表にして見せたいくらいの見事さだった。

疲れ切った善次郎に、

「おれは三弦職人としては半端もんだ。棹はできても胴はダメだ」

とか、

「三味線造りは三味線弾きでなければ一人前の三弦職人とはいえねえ」

とか、わずかな晩酌に酔った伊那造が呟く言葉を思い出していた。あれは自分の造った三味線の失敗を悔いてのことではない。善次郎に聞かせる言葉だった。

善次郎は、その日、視点を変えて伊那造の棹に注目した。これまで何日も何日も胴ばかりに注意を払い、棹を見ていなかった。

伊那造は、昔としか言わなかったが、どれほど前にこの棹を造ったのか。見事だった、ただ今の善次郎にはできないと思った。

伊那造の棹の傍らにこの三味線長屋の作業場で造った花梨の棹を並べてみた。

ふうっ

と思わず吐息(といき)が出た。

それほど見事な棹だった。ただ今の伊那造の棹造りに比べても遜色(そんしょく)ないものと思えた。それに比べて花梨の棹は、「芸」がないと思えた。おそらく花梨の素材に善次郎が付け加える芸など不必要だったのだろうと思えた。

(いや、おれは花梨に遠慮しているのか)

昔伊那造が造った棹、ただ今伊那造が毎日造る棹、そして、善次郎の花梨の棹を頭の中で三つ並べてみた。

小夏は歌水師匠の教えを素踊りに例を取って、

「技に頼りすぎると素踊りの余韻は醸し出せない」

「技を付け加えるより捨てることを覚えなさい」

と言わなかったか。

善次郎はふたたび伊那造が昔ただひとつ手掛けたという皮張りに注目した。そして、幾たびも皮張りを撫でるように確かめた。

次の瞬間、善次郎は何日も何日も凝視し続けた伊那造の三味線を台から下ろし、己の皮張りをなす胴木に替えた。

伊那造はその瞬間を見ていた。

（あいつ、大昔のおれを超えやがった）

と思った伊那造は己の棹造りに注意を向け直した。

この日から十数日後、善次郎は花梨の三味線を完成させていた。だが、そのことを伊那造と小夏親子に告げる勇気はなかった。皮張りを幾たびも確かめ、棹用の花梨材の木取りから始まった長い作業の過程を思い出していた。

伊那造と小夏は、善次郎の造った三味線に三本の絹糸が張られたことを承知していた。だが、善次郎は決して糸をつま弾いて音を出すことはしなかった。

細棹から音が響いたとき、花梨で造られた三味線が完成したか、失敗したか分かった。それを知っていたので善次郎は最後の一歩を踏み出せないで悩んでいた。

深夜、小夏は三味線長屋の作業場から細くて高い三の糸のつま弾きを聞いたと思った。

大晦日（おおみそか）がすぐそこに迫っていた。

深い闇を伝ってくる調べは、小夏が初めて聞いた、

「音」

だった。

寝床から耳を澄ます小夏を捉えて離さない静かな音だった。

この音こそ五代目小三郎らが言う、

(三味線の余韻ではないか)

と思った。


翌朝、花梨の三味線は、壁際に御幣を垂らした簡易な神棚の前に鎮座していた。

「善次郎兄さん、三味はできたの」

「ああ」

ふたりは無言で見合った。

「ご苦労さんでした」

「五代目に点検してもらおう」

「兄さん、五代目にそのことを告げていいのね」

「ああ、お呼びしてくれるか」

と答えた善次郎が、

「親父さんと小夏、ふたりには親方と一緒に見てもらい、親方の可否を訊いてもらう。それでいいか」

「ええ、この花梨の三味がお客に渡っていいか判断するのは五代目小三郎親方だけだもの」

「ダメならばおれには次はない。弟子が幾たびも猫の命を無駄にすることはできねえものな」

「大丈夫、善次郎兄さん、自分の力を信じなさい」

「ああ、そうしたい」

着替えをなした小夏は、玄冶店の五代目小三郎店へと出かけていった。

小夏が戻ってくると作業場では伊那造が黙々と棹造りをしていた。

善次郎は、と見ると伊那造から離れた作業場で花梨の材を削ったり、形を整えたりしてきた大小の鉋、鑿、小刀などを砥石にかけて手入れをしていた。

「善次郎兄さん、親方が見えるわ」

と報告すると善次郎が顔を小夏に向けて頷いてみせた。

そのふたりの問答を伊那造が聞いていたが、こちらもなにも口にしなかった。

するど、

「親父さん、この三味だが、竈稲荷に捧げてきてはいけねえか」

と善次郎が問うた。しばし考えた伊那造が、

「弟子の造った三味線を初めて点検するのは五代目ひとりしかいねえが、竈稲荷は人じゃねえ、お稲荷様だ。おまえはあの猫稲荷から力を得たんだ。花梨の三味を捧げて感謝申し上げても親方は怒るめえ」

と言った。

「お父つぁん、わたしも善次郎兄さんといっしょにお参りしていい。三味線は決して見ないから」

小夏の願いに伊那造が、

「善次郎に訊きねえ」

と言った。

善次郎は小夏に頷くと濃紫の布に包まれた三味線を抱えた。するとぶちもいっしょに行くという風に立ち上がった。

ふたりとぶちを竈稲荷の黒猫のクロがミャウミャウと啼いて迎えてくれた。

善次郎は小さな拝殿に三味線を捧げた。

小夏は長屋から持ってきた酒と塩をその傍らに置いて善次郎の隣に並び、拝礼して、

「花梨の三味線に幸あれ」

と祈願した。

不意にふたりの背に声が響いた。

「善次郎、ようやくできたか、長くかかりやがったな」

ふたりはその声の主がだれかすぐに分かった。玄冶店の兄弟子だった蔵之助だ。

ぶちが、ううっ、と唸って蔵之助に迫った。

「ダメよ、ぶち」

小夏が蔵之助の足元に迫るぶちの首輪を摑んで抱えた。

善次郎はゆっくりと振り返った。

「おめえ、おれたちのことを福耳に訴えやがったな。親分め、おれたちをとっ捕まえたがよ、おれが弟弟子に冗談を言っただけだと抗弁したらよ、あっさりと解き放ちやがったぜ。竈河岸の親分たって大したことねえな。おりゃ、このとおり勝手気ままに暮らしているぜ」

陰険な顔になった蔵之助の背後に三人のやくざもんがいた。その連中は長脇差

の柄に手をかけたり、襟口に片手を突っ込んだりして善次郎を睨んでいた。

「蔵之助兄さんか、こう呼ぶのは最後だ。おめえ、玄治店にも元大工町の弦辰にも不義理していよう。竈河岸あたりでうろうろしているとこんどこそ竈河岸の嘉次郎親分にとっ捕まって小伝馬町の牢に放り込まれるぜ」

「おまえ、おれの言ったことを聞かなかったか。御用聞きの嘉次郎なんてちょろいもんだ。まずは花梨の三味線、渡しねえ」

「呆れたわ」

と言ったのは小夏だ。

「呆れたってどういうことだ、小娘が口出しするねえ」

「蔵之助、善次郎兄さんの三味ができたことは五代目親方のほかに竈河岸の嘉次郎親分にも報告してあるのよ」

「それがどうした。ともかくその花梨三味を渡しねえな」

と言い放った蔵之助が懐に隠し持っていた仕事用の鑿を手にすると、ぶちを抱えた小夏に素早い動きで歩み寄り、いきなり鑿を首に突きつけた。

「善次郎、小夏と花梨の三味、どっちが大事よ」

「呆れたと言うほかねえな。おれの兄弟子だったなんて思いたくねえぜ」

「そんな御託(ごたく)はどうでもいい、どうするよ。善次郎、小夏か花梨か」

と蔵之助が迫った。

二

ふっ、とひとつ息を吐いた善次郎が、

「小夏の首にちょっとでも傷つけてみろ。おりゃ、三味を堀に投げ込むぜ」

と善次郎が拝殿の前の三味線の包みを摑んだ。

「ほう、面白いな。小夏か花梨、どっちを選ぶよ。善次郎、おれがこの場を仕切っているのが分からねえか」

蔵之助が悪党ぶって凄(すご)んでみせた。

しばし沈黙した善次郎の返答に、

「よし、小夏の身と三味をとっかえようか」

「兄さん、ダメよ」

と小夏が叫んだ。

「いや、おれには三味より小夏が大事だ」

と決然とした口調で言いきった善次郎が濃紫の包みを差し出しながら、

「蔵之助、小夏から鑿を離しねえ。呆れたぜ、三味線を造ってきた鑿を人に、小夏に向けようとはな」

と言いながら、蔵之助の動きを善次郎は見詰めた。

「よし、同時に交換だ」

と叫んだ蔵之助が鑿を小夏の首から外すと濃紫の包みを引ったくった。

その瞬間、善次郎が小夏の体を両腕でつかむと、ぶちといっしょに自分の背後に回しながら拝殿へと跳び下がった。

「あ、兄さん、しゃ、三味線が」

小夏が悲鳴を上げた。

「蔵之助、おめえたちの相手が待ってなさるぜ」

善次郎が橋向こうの竈河岸を顎で指した。

「だれが待つと言うのよ」

と思わず背後を見た蔵之助が悲鳴を上げた。

竈河岸の御用聞き、嘉次郎親分と子分たちが捕物仕度で粛々（しゅくしゅく）と橋を渡ってきた。

「蔵之助、とうとう、おめえも尻尾を出したな、一端の悪党に堕ちたか。おれたちがこの時を待っていたのが察せられまいな。おめえが手にした三味線と鑿がおめえを北町奉行所のお白洲に送り込むぜ」

と四人を長十手や突棒を持った嘉次郎一統が取り囲んだ。

「お、親分、わっしら、蔵之助から頼まれただけだ。ほら、長脇差なんぞは持ってねえよ」

と三人のやくざ者が言い放った。どうやら堀に投げ捨てたらしい。

「善次郎、助かったぜ、役目をはたしてくれたな。小夏、この場はわっしらに任して三味線長屋に戻りねえ」

嘉次郎親分の命に善次郎が小夏の手を引いて竈河岸へと橋を渡った。ふたりにぶちが従ってきた。

「兄さん、花梨の三味はいいの」

と小夏が訴えた。

「花梨の三味がどうしたって」

「蔵之助に花梨の三味を渡したままよ」

「鑿なんぞ出さなきゃあ、蔵之助にすぐにくれてやったのにな。小夏、ほんものの花梨の三味線は伊那造の親父さんに預けてあるぜ」

　小夏が善次郎を見た。

「どういうこと」

「おれが苦労した花梨の三味線を蔵之助なんぞの手に触らせるものか」

　小夏は無言で善次郎を見ていたが、

「呆れた」

　と呟いた。


　この日の昼下がり、三味線長屋の作業場に玄冶店の三味線造りの五代目小三郎がなんと客のにしきぎ歌水師匠を伴い、姿を見せた。

　善次郎は黙って五代目小三郎を、そして、歌水師匠を見ると会釈した。

「善次郎、花梨の三味ができたってな」

「いえ、親方、できたかどうかは親方の判断しだいにございます」

　しばし間を置いた小三郎が、壁の際に手作りの御幣が垂らされた場に置かれた三味線の包みを見た。

「あれか」

「へえ」

と応じた善次郎が濃紫の包みを剝いで五代目に差し出した。

両人の視線が花梨の三味線に向けられた。緊迫が作業場を支配して、歌水師匠が三味線に寄ってきてしげしげと凝視し、

「こんな縞模様、見たことないわ。五代目、美しいと思わない」

といささか立場も忘れて触ろうとしたが慌てて手を引っ込めた。

「師匠、言わずもがなだが、三味線は音が大事、命だよ。善次郎から受け取って弾いてみませんかえ」

「親方がまずお試しになるのが筋でございましょう」

「こたびのことは最初から筋も習わしもねえや。この若い三味線職人の命がかかった花梨三味は、最初から師匠の注文だ」

「何年も前にね」

「わっしも伊那造も花梨のことを忘れたわけじゃない。だが、ふたりして花梨に取っ組む勇気がなかったのよ。それを伊那造が善次郎に託したのだ。

師匠、その三味に最初に触るのはおれじゃねえ、注文主の歌水師匠だ。弾いてみなせえ、善次郎が師匠にふさわしい細棹を拵えたかどうか、おれらに聞かせて

くれないか」

　と五代目が願い、

「善次郎、それでいいな」

「へえ」

　と答えて改めて差し出し、

「師匠、どんな些細なことでも不満や技量が欠けているところがあれば口にしてくだされ。直せるものならば直します。だが、花梨におれの技が通じてねえのなら、その三味線、この作業場を出ることはございませんや」

　歌水師匠が頷くと善次郎から細棹を受け取った。その瞬間、

「こんな棹の感触は初めてですよ」

　と言いながらいとおしげに棹を撫でた。

　善次郎が作業場の片隅から踏み台を持ってきて腰にかけていた手拭いで丁寧に拭った。

　その踏み台に歌水が腰を下ろし、気持ちを落ち着けると三の糸から調弦を始めた。

　その音を小夏は父の作業台の傍らで聞いた。

初めて聞く花梨の音だった。いや、善次郎が造り出した音ともいえた。三弦を調弦する師匠の顔が引き締まっていた。

その作業場にいるのは五代目小三郎、伊那造と小夏の親子に善次郎の四人だった。

「五代目、伊那造さん、お聞きくだされ」

と花梨の細棹を構えた歌水は数瞬、瞑目するとそのままつま弾きを始めた。

一瞬にして調べがその場の四人、いや、弾き手の歌水を含めて五人の心を捉えていた。

善次郎は己の造った三味線から発せられる調べに魅惑された。最後には三味線を活かすも殺すも弾き手の芸だと思った。

歌水はゆったりとした調べを弾き終えた。そして、己のつま弾きに刺激を受けたのか、この日のために用意していたのか象牙の新しい撥が握られた。

調べが変わった。

満開の桜花を想像させる華やかな景色が細棹一張から導き出された。それがそよ風が花びらを舞い散らす儚(はかな)くも寂しさを湛える調べへと変わっていた。

小夏は師匠の巧みな撥さばきに魅了されていた。

五代目小三郎だけが歌水の即興だと分かっていた。初めて聞く花梨の細棹が紡ぎ出した調べだった。

余韻嫋々として三味の音は老練な三味線職人の伊那造をも捉えていた。至福のときが永久に続いた。

時の経過がだれにも摑めなかった。

歌水が三味線の弦から撥を離すと耳に残った音が静かに消えていった。しばらくだれも黙したまま口を開こうとしなかった。

小夏の目から涙が流れて頰を伝った。

「師匠」

と声をかけたのは小三郎だ。

「五代目、新しい三味ができました、ありがとうございます」

と礼を返したにしきぎ歌水が、

「伊那造さん、若い職人にようも声をかけてくれましたね。小夏ちゃん、あなたも善次郎さんを励ましてひとりの三味線職人を誕生させてくれました。礼を申しますよ」

と次々に感謝の言葉をかけると眼差しを最後に善次郎に向けた。

「善次郎さん、何年も待った甲斐がありました。ようも異国で育った花梨に命を吹き込んでくれました」

「かように得がたい機会を与えてくれた師匠に言葉もありませんや。師匠、花梨の細棹、満足していただけましたかえ、不具合はありませんか」

「ええ、おまえさんの造った花梨の三味の調べがすでに答えていましょう」

「ならば礼を言うのはこのおれのほうです」

と言った善次郎が視線を小三郎親方に向けた。

「お師匠さんは、ああ言いなさるが、親方の考えをお聞きしてえ」

と願った。

善次郎の問いに五代目は沈黙で答えた。そして、不意に話し始めた。

「この三味線はおまえの力だけでできたものではない。

花梨材を最初に認めたにしきぎ歌水師匠、そして、おめえを棹造りの達人伊那造の父つぁんのもとにやったこのおれにも功績があるかもしれねえな。そして、おまえの花梨の三味線造りをこの親方のおれにひと言の許しも得ずお膳立てしした伊那造父つぁんの人を見抜く眼がいちばんの功労よ。

おれは、父つぁんがまさか五代目小三郎の領分まで侵して、新しい三味線職人を生み出してくれたことに、言葉もねえくらい感謝してるぜ。そして、小夏の励ましも忘れちゃならねえ。

善次郎、おめえの勘と感性が造り上げた三味線に注文を付けられるのは、歌水師匠だが、すでに聞いたな。

おめえが拵えた花梨三味を真に育て上げるのは師匠だ。細かい注文を聞いて芸人と三味線が高揚する手伝いをこれからもしねえ。分かったな」

「へえ」

と善次郎が深々と頭を下げた。


五代目と歌水師匠は作業場から三味線長屋に行き、伊那造となにごとか話し合った。その折り、小夏が従い、茶菓を供した。

作業場に残ったのは善次郎ひとりだ。すでに手入れを終えていた道具類をひとつずつ布に包んだ。小三郎親方と伊那造の話し合い次第では、善次郎は玄冶店の工房に戻らされることになると思ったからだ。

長屋での話し合いは半刻以上も続いた。

作業場に戻ってきたのは伊那造と小夏の親子ふたりだった。

「親父さん、親方と師匠はお帰りになりましたか」

善次郎の問いに頷き、

「師匠は花梨の細棹を長屋に行っても片時も離すことはなかったぜ。それだけ満足されたんだろう。そして、うちに持って帰りたいと五代目に許しを乞われた。善次郎、おめえの歳でこんな機会を得られるなんて職人冥利に尽きるとしか言いようがあるめえ」

と言った。

「へえ、おれは、玄冶店に戻りますかえ」

「おめえは玄冶店には戻らない」

「えっ」

「おお、おめえはこの三味線長屋の作業場で向後も仕事を続けることになった。おめえが玄冶店に戻っても厄介だとよ」

と珍しく伊那造が冗談めいた言葉を吐いた。

玄冶店には跡継ぎの六代目が控えていた。そこへ若い善次郎が戻り、作業場に入るのは大半が兄弟子ばかりでは確かに厄介だろうと善次郎も考えた。

「おれはどうするんで」

「おれのもとで五代目の注文の品を造るのだ。いや、その前に寝床を兼ねたおめえの作業場を造ることを許された。それでな、明日にも大工に作業場を見に来させるそうだ」

「なんてこった」

「嫌か」

「嫌もなにもねえ。おれはこの三味線長屋の作業場で三味線造りをするのが好きだ」

と言い切った。

「よかったわね、兄さん」

「ああ、これからも世話になるぜ、小夏」

と願った善次郎がしばし沈思し、

「親父さん、この作業場の一角に御殿や奥座敷を普請するんじゃねえや。おれの寝床と仕事場をよ、本職の大工が手掛けることもあるめえ。おれが材木屋に行ってよ、必要な材を買ってきて、おれが造っちゃいけないかね」

「なに、おめえがやるってか」

「だれぞひとり手伝いがいれば半月もあればできるぜ」

と善次郎が言い切った。すると伊那造が、

「小夏、おまえが玄治店に行ってよ、五代目に断ってこい」

と命じた。

「そうね、兄さんが玄治店に顔出しするのは、厄介だものね。わたしがなんぞ曰くをつけて許しを得てくるわ」

と早速小夏が動くことになった。

善次郎は花梨の端材に六畳間ほどの広さの寝床を兼ねた作業場の見取り図を描いた。それを描き終えたころ、小夏が銀次といっしょに戻ってきた。

「兄さん、親方の許しを得てきたわ」

「となると、材木を買う金子の算段だな。古材ならば三両もあれば揃えられよう」

その言葉を聞いた小夏が、

「お父つぁん、親方から金子を頂戴してきたわ」

「材木を買う金子を親方が用立てたか」

「違うの。花梨の三味線を売ったお金ですって」

「そりゃ、五代目の金子だろうが」

「お父つぁん、善次郎兄さんの造った花梨の三味に歌水師匠がいくら支払われたか、承知」

「棹造りの弟子がそんなことを知るか」

「二百両をぽんと支払われたんですって。それでね、玄冶店の親方とうちで折半(せっぱん)だとおっしゃられたんだけど、わたしは、うちがそんな大金もらう筋はありませんと幾たびも断ったのよ。兄さん、差し出がましかった」

「いや、五十両だって多いぜ。おりゃ、作業場の普請に三両もあれば十分だ。残りは伊那造親父さんと小夏ふたりの稼ぎだ」

「おれたち親子はなにもしてねえや。一文だってもらう謂れはねえ」

と伊那造が応じた。それまで黙っていたとぼけの銀次が、

「呆れたね、善次郎兄さんが大仕事をしたのには驚かねえが、こう金の要らない職人ばかりがいるところも珍しいな」

「銀次、おまえがおれの仕事場造りの手伝いか」

と改めて訊いた。

「兄さん、そういうことだ。五十両、おれが預かってもいいぜ」

「おまえは当分給金なしで仕事を覚えることだ」

「七年も辛抱すれば、兄さんと同じように二百両の三味線が造れるかね。玄治店の兄さん連がぶっ魂消ていたぜ、兄さんの三味線の値によ。三味線造りは年季じゃねえな、善次郎兄さんが七年ならば、おりゃ、三年でなんとかしよう」

と能天気なことを言った。

「小夏、ちょいと考えたことがある。おれに五両ほどくれないか。あとは小夏が保管しねえ」

「分かったわ。古材屋は確か日本橋川の向こう岸、霊岸島(れいがんじま)にあったわね。思い立ったが吉日よ。お父つぁん、ふたりを古材買いにやってもいいわね」

と小夏がお膳立てをしてくれた。

三

霊岸島河岸の古材屋には火事で焼け残った材木から在所で古家を壊した風情のある梁(はり)、柱、板材などが売られていた。

善次郎は、小夏が教えてくれた古材屋で秩父(ちちぶ)の名主家を新築するので壊された床の間や板の間や縁側に敷かれていた檜(ひのき)や松材を中心に三両二分を出して荷船いっぱいの建材を買い求め、竈河岸に下ろした。

荷船は古材屋の船で船頭も雇人だ。

客の善次郎に手伝いの銀次、それに古材屋の船頭衆が手伝って三味線長屋の作業場に運び込んだ。それを見た小夏が、

「善次郎兄さん、まさか今の作業場を壊して新たに作業場を増築するんじゃないわよね」

と案じて、

「このしっかりとした普請の三味線長屋には手をつけないさ。あのな、おれの作業場を造ろうと思ったがさ、親父さんの台場だって寒い季節は火鉢を据えていたって厳しいぜ。どうせなら、親父さんとおれの、寒風の吹き込まない作業場を拵えちゃいけないかね」

と善次郎が言い出した。

「えっ、お父つぁん、聞いた。ふたりの作業場を造るんだって」

しばし善次郎の提案を黙して考えていた伊那造が、

「善次郎の好きにやらせな」

と言った。

善次郎と銀次は、作業場の東側の壁を背にふたつの独立した作業場を設ける作業に入り、ときに伊那造にも手伝ってもらい、師走のうちにふたつの作業場ができた。

秩父の古民家から転用した中古材で設けられたふたつの作業場の違いは、善次郎の作業場には三畳の畳の間があって寝所が設けられていたことだ。広さはほぼ同じゆえ、棹造りの伊那造の作業場のほうが広々としていた。

ふたつの作業場の間には、しっかりとした神棚が設けられた。

「竈稲荷のお札はどこでもらえばいいかね」

と善次郎が小夏に訊いた。

「この神棚、猫稲荷の分社なの」

「馴染だからな、通いの神主さんがいるのかね」

「この話、玄冶店の五代目のお考えを聞いたほうがいいわ。この三味線長屋は玄冶店の持ち物ということを兄さん、忘れないで」

「おお、ならばそれから神棚の祭神は考えようか」

と話が成った。

大晦日前に三味線長屋の普請は終わった。改めて三味線長屋の作業場の改築を

見た伊那造が、

「まるで玄治店の工房の離れができたようだな。新春からこの作業場で三味線造りか。すでに善次郎のもとには花梨の三味線の注文が入っているというしな。善次郎、棹造りで手伝うことがあれば言いねえな」

と伊那造が言い出し、

「親父さんが助けてくれれば、花梨の三味線造りだってひと月半もあれば拵えよう」

と善次郎が請け合った。

半年近く悩み悩み拵えた花梨の三味線の作業と工程は、善次郎の五体と手先にしっかりと刻みこまれていた。

完成した三味線長屋の作業場を見に来た五代目小三郎が、

「おお、新しい三味線造りの仕事場が成ったな。善次郎当人が仕事しやすいように造った仕事場だ。ここから新たな三味線が次々に造られていくか。玄治店の競争相手ができたぜ」

と鷹揚(おうよう)にも喜びの言葉を口にしたものだ。五代目の心中には跡継ぎ壱太郎を含めて柱六ら弟子たちとこの三味線長屋の作業場を競わせる心づもりがあった。

小夏が神棚の祭神について小三郎親方に訊くと、

「竈稲荷もいいが、やはり江戸の職人が頼りにするのは総鎮守の神田明神(かんだみょうじん)だな。うちも代々大己貴命(おおなむちのみこと)、少彦名命(すくなひこなのみこと)、平将門命(たいらのまさかどのみこと)三祭神の神田明神をお祀りしているからな、この三味線長屋の主祭神も神田明神がよかろう。年明けに神田明神から神主を呼んで神棚に三祭神をお招きするのはどうだ」

と答え、

「竈河岸のお稲荷さんはおまえらが直にお参りすればよかろう、神田明神の祭神と竈稲荷が喧嘩はすめえ」

と言い添えた。

「ああ、そうだ。こちらはいい話ではねえ。竈河岸の嘉次郎親分がな、蔵之助が江戸払いになったことを告げていったぜ。あいつが長年うちと弦辰で三味線造りの修業をなしてきたことと、こたびが初めての悪さということを町奉行所の奉行様は思案され、もう一度心を入れ替えて三味線造りの修業をし直せと諭されたそうだ」

「五代目、こりゃ、悪い話じゃねえよ。お奉行様の言葉をとくと聞いて蔵之助が気持ちを入れ替えればな」

と伊那造が応じた。

「今ひとつ話があらあ。七日正月は七草粥を食する日だな。その日にさ、にしき歌水師匠は初さらいの集いを催される。そうだな、小夏」

「はい、親方」

「その初さらいで、歌水師匠は花梨三味のお披露目をなされ、師匠が新しい大曲を弾かれるそうな」

「まあ、兄さん、晴れがましいわね」

「そんなわけでな、善次郎と伊那造、小夏親子の三人に来てほしいと師匠に頼まれてんだよ」

小夏が父親を見た。

「おりゃ、いい。小夏、善次郎の供で行ってこい」

と伊那造が予測された返事をした。

「善次郎兄さんの三味線のお披露目よ」

「過日、この場で聞かせてもらった。おれはあれで十分だ」

と言い切った。

「おれもな、伊那造の父つぁんは無理だろうなと師匠には前もって断った」

と言った。

「親父さんの代わりにおれでどうだ」

「とぼけ、おまえがそんな場に出るのは十年早えや」

とあっさり五代目に却下された。

とぼけの銀次は、大晦日まで三味線長屋の仕事場で善次郎の手助けをした。

善次郎は銀次が三味線長屋の仕事場で修業したい気持ちをとくと承知していたが、こればかりは玄治店の工房で基から修業するのが銀次のためだと、口出しすることはなかった。

大晦日の夜、おせちの料理の仕度を終えた小夏は善次郎と江戸の総鎮守神田明神にお参りに行った。母親のお千が元気だった時分、十歳前から小夏は台所に入り、江戸風のおせち料理を手伝ってきたから、母が亡くなったあとも小夏が親子ふたりの正月料理を拵えてきた。

川向こうで生まれ育った善次郎には、初めての神田明神初詣だった。

神田大神太玉串（ふとたまぐし）を購ったふたりは大勢の人ごみの中で拝礼を終えると百八つの年越しの鐘を聞きながら竈河岸にゆっくりと戻ってきて、蠟燭（ろうそく）が灯された竈稲荷に詣でた。

ミャウミャウ

と嬉しそうに寄ってきたクロに小夏が煮干をやり、善次郎と小夏は竃河岸のお稲荷様に手を合わせた。

戻ってくる道々、

「兄さん、知っていた」

「知っていたってなんのことだ」

「神田明神の大己貴命様は縁むすびの神様よ」

「うむ」

と応じた善次郎は小夏を見た。

「ただいまのところ善次郎兄さんは三味線造りにしか関心がないか」

「蔵之助の前で、おりゃ、花梨の三味より小夏が大事と言わなかったか」

とぼそぼそと善次郎が言い訳した。

「あの折りの三味線は、ほんものの花梨の三味線でなかったわよね。わたしと比べられたのはうちにあったぼろ三味よね」

「小夏、そう苛めるねえ。おりゃ」

「いいわよ、兄さんの本心は小夏、承知しているもの」

「おれの本心を承知ってなんだ」

「藪入りの日に深川の実家に戻る折り、小夏を連れていくんでしょ」

と小夏がカマをかけた。

「ええー、お、おれがそんなこと言ったか」

「言ったわよ」

と小夏の虚言をしばし考えた善次郎が、

「小夏どの、ついおれの本心を忘れておりました。そうか、小夏はおれの生まれ育った深川の漁師町が見たいか」

「深川の漁師町も見たいけど、兄さんの身内親族に挨拶したいの」

「よっしゃ、行くか」

「玄治店の奉公に出てからは藪入りのたびに深川に戻ったのよね」

玄治店の日常をとくと知らない小夏が尋ねた。

「ああ、奉公したてのころは一年に二度の藪入りが待ち遠しくてな、親方とおかみさんから小遣いや土産を持たされて大川を渡ったぜ。だがよ、三味線造りが楽しくなると、おりゃ、あれこれと理由をつけて玄治店に残り、独り三味線造りをしていたんだ」

「えっ、藪入りも休まなかったの」

「おお、三味線造りを一日も早く覚えたかったのよ。そのことについて親方もおかみさんもなにも言わなかったしな」

「深川の実家からなぜ藪入りに戻ってこないと小言が玄治店に届かなかったの」

「深川界隈の漁師はよ、三日正月で新年の祝いは終わり、藪入りの十六日はもう働いていらあ。そんなとこにおれが戻ってもちっとも面白くもあるめえ」

「善次郎兄さんが最後に深川に戻ったのはいつのこと」

「さあて、いつだったかね、たしか盆の藪入りだったかな」

「呆れたわ。わたし、善次郎兄さんが玄治店でそんな暮らしをしているなんて知らなかった。今年はうちにいるのよ、お父つぁんに断れば松の内に深川の実家を訪ねられるわ。いいわね、ふたりして行くわよ」

「ああ、そうしよう」

と腹を固めた風の善次郎が返事をした。

ふたりはどちらからともなく手を取り合うと神田川沿いに和泉橋を渡り、松枝町一丁目代地を抜けて竜閑川に向かって下り、小伝馬町の牢屋敷から新材木町の堀留に戻ってきた。

正月元日の静かな江戸の町だった。

大晦日、町屋では年のうちに、売掛の取り立てやらなにやらでお店は九つ（午前零時）近くまで表戸を開いて商いをなす。ゆえに元日、お店は休みだ。

竈稲荷から木橋を渡ろうとしたとき、東の空が白み、初日の出が感じられた。

十五歳になった小夏は、木橋の真ん中で大川に向かって両手を合わせ、

（寛政八年［一七九六］が良い年でありますように）

と祈願した。

三味線長屋に戻ったとき、伊那造は作業場に立ち、なにごとか考えていた。

「お父つぁん、元旦から仕事をする気、善次郎兄さんは藪入りも深川に戻らず仕事をしていたそうよ。ふたりして仕事しかすることがないの」

「ねえな」

神棚に榊（さかき）を上げ、お神酒（みき）と塩を供えた伊那造が言った。

善次郎は神田明神で購ってきた太玉串を神棚に飾った。

「これで三味線長屋にも正月が来たな」

と言った善次郎が、

「親父さんといっしょ、仕事が道楽だな、おれも三味線造りが楽しいや」

と言い添えた。

「分かりました」

とふたりの言葉を聞いた小夏が、

「竈湯の初風呂に入ってらっしゃいよ。その間に雑煮を拵えておくから」

と小夏に言われ、伊那造と善次郎のふたりは、竈湯に向かうことにした。

「兄さん、元日から初風呂に行ったことある」

「朝っぱらから風呂だなんて入った覚えはないな。贅沢な話だな」

「いい、ふたり分の湯銭のほかに、このお礼の包みを番台のおかみさんに差し出すのよ」

「なんだ、湯銭のほかに正月は銭を渡すのか」

「銭じゃあないの。お互い今年もよろしくお付き合いのほどとの気持ちよ、これが竈河岸界隈の正月の仕来たりよ」

と湯屋に行く仕度をした伊那造と善次郎は、竈湯の暖簾を潜った。

「おめでとうございます、伊那造さん。少しは寂しさに慣れなさったか」

と竈湯のおかみが伊那造に年始の挨拶とともに問うた。

「お千より小うるさい娘が残っていらあ。寂しさなんてないぜ、おかみさん」

「小夏ちゃんは、よう気づいて働くものね」

とおかみが答え、善次郎を見た。

「そう、あんたは伊那造さんとこの弟子だったの」

仕事終わりに慌ただしく仕舞湯に入る善次郎が、三味線長屋の三味線造りと知ったおかみが念押しした。

「おかみさん、おめでとうございます。湯銭ふたり分と小夏ちゃんからの気持ちを預かって参りました」

とふたつを差し出した。

「ほんとに小夏ちゃんはよう気づくよ。ありがとう、頂戴しますよ」

と受け取ったおかみが、

「そうか、お千さんがいなくなって弟子が入ったのか」

「おかみさんよ、こいつはおれの弟子じゃねえ、玄冶店の五代目の弟子よ。しばらくおれのところで仕事をすることになりそうだ。善次郎をよろしくな」

と伊那造が口を添えてくれた。

初風呂に竃河岸の年寄り連がすでに入りに来ていた。ここでもひとしきり年賀の挨拶が交わされてふたりは湯船に浸かった。

「親父さん、玄治店の折り、こんな初湯なんて考えもしなかったぜ。玄治店も三味線長屋も大して離れてないがさ、こっちのほうが川向こうのようで気さくだな」

「おお、玄治店の周りには旦那衆や芸人衆が多いや、こっちは長屋住まいの職人だ。気兼ねが要らねえな」

と言った伊那造は、手拭いを頭に載せて両眼を瞑った。その横顔を見た善次郎が、

「親父さん、頼みがあらあ」

「なんだ、頼みたあ。仕事のことか」

「いや、仕事じゃねえ。半日ほど休みをくれねえか。深川の実家に面を出してきたいんだ」

「なんだ、そんなことか、いつでも行きねえな」

と両眼を閉じたまま応じた。

「でな、小夏が深川の漁師町が見たいと言うんだが、連れていってもいいかね」

顔を上げて両眼を見開いた伊那造が善次郎を見た。

「小夏が言い出したか」

「まあ、そうだ。おりゃ、親父さんの許しなしに連れてはいけねえや」

しばし沈黙していた伊那造が、

「三味線長屋の頭分は小夏だ、あいつが望んだものを親父のおれが拒めるか」

と言うとまた両眼を閉じた。

善次郎も伊那造を真似て眼を閉ざして首まで湯に浸かった。

「いいんだな」

「おめえの気持ちはどうなんだ」

「おれが育った漁師町はこの竈河岸とはまるで違うぜ。小夏に見せてえや」

「ならば連れていけ」

と言った伊那造が両手でごしごしと顔を洗った。

四

善次郎の実家のある深川入船町(いりふねちょう)はいくつかに分かれており、そのひとつが伊勢桑名(くわな)藩松平(まつだいら)家の抱(かかえ)屋敷北東の片隅にあった。

元禄(げんろく)十四年(一七〇一)に朽木屋甚左衛門らが順次公儀に願い出て町屋になっ

た。二年後の元禄十六年に町名が入船町、あるいは深川入船町と呼ばれるようになった。江戸の内海には葦原があって通船が困難なところから、船の出入りが容易くなるようにとの願いを込められた町名になったという。

松平家の抱屋敷に接して石垣で囲まれた小さな船寄せに十数軒ほどの漁師家が集って暮らしていた。

善次郎の実家は代々小さな湊町の網元を務めており、両親も健在で善次郎の兄の次郎吉や八十治も漁師を務めていた。

寛政八年正月三日。善次郎と小夏は日本橋川の船問屋から猪牙舟を雇って大川河口の深川と越中島の間の堀に架かる武家方一手橋を潜り、富岡八幡宮の門前を横目に三十三間堂の前から江戸の内海へと通じた堀に猪牙舟を入れた。

船を雇った小網町の船問屋の船頭も、

「えっ、こんなところにこんな堀があったか」

と驚くほど鄙びた界隈だった。

「おお、大川河口から内海沿いにもこの入船町に入ってこられるんだがな、堀伝いのほうが安全だからな」

と善次郎が船頭の驚きの言葉を受けた。

正月三日に善次郎の実家を訪ねると言うので小夏は父親の伊那造と相談し、竈河岸の菓子舗の甘味や中村座の手拭い、下り酒の樽酒やらあれこれと土産を用意した。そんな土産がそれなりに大きな包みになったので、猪牙舟を雇ったのだ。

猪牙舟が石垣に囲まれた船寄せに入ると、漁師舟が数艘舫われた岸辺に男衆が立って舟の到来を見ていた。

「兄さん、おれだ、善次郎だ」

と善次郎が呼びかけると善次郎より十歳は年上と思しき日に焼けた顔の男衆が、

「おお、善次郎か、玄治店を追い出されたか」

と声をかけてきた。

「正月に入船町に顔を出しちゃあいけねえか」

「この数年、盆正月にてめえが姿をまともに見せたことがあったか」

兄弟のやり取りの間に猪牙舟が岸辺に乗り上げた。

「善次郎さんよ、待つかえ」

と小網町で雇った船頭がふたりの帰りの足を気にした。

「帰りだと、正月だぜ。漁師舟は空いていらあ」

と八十治が言い、小夏が酒代を加えて船賃を渡した。

岸辺に小夏の手を引いて上がった善次郎に八十治が、

「きれいな娘さんはだれだ」

「兄さん、玄治店の三弦工房の伊那造親父さんの娘御だ。おりゃ、今伊那造親父さんのもとで三味線造りの修業をしているのよ。小夏がな、入船町の漁師町が見たいってんで連れてきたんだ」

「ふーん、善次郎、えらく粋なことをするじゃないか」

と八十治が、

「小夏さんと言いなさるか、善次郎が世話になってます。よう漁師町に来なさった。こんなところだ、なんの遠慮も要らないぜ。今日はよ、この漁師町の者が全員面を出す三日正月だ」

と小夏を家へと案内していった。

葦原越しに江戸の内海が望める善次郎の実家は、百年は経っていそうな年季の入った家だった。ふだん顔を出さない善次郎が若い娘を連れて姿を見せたというので、三日正月が大いに盛り上がった。漁師らしいさばさばした善次郎一家と身内の集いで、小夏は相手の名前を覚えきれないほどの老若男女に会った。

「娘さん、善次郎は一人前の三味線造りになりそうか」

と善次郎の父親の十右衛門が小夏に質した。

「昨年のことです」

と前置きした小夏がきびきびした竈河岸言葉で花梨の三味線を独りで造り上げ、三味線のお師匠さんが大いに喜んだことを告げ、

「三味線造りは二十年で一人前です。善次郎兄さんは七年でほかの弟子ができないことをやり遂げられました」

と言い添えた。

「なに、善次郎の造った三味線が売れたってか。三味線っていくらするもんだ」

と八十治が関心を示した。

「兄さん、ピンキリよ」

「おめえの造った花梨とやらの三味はいくらだ」

漁師らしく直截に弟の奉公を推し量ろうとしたか、訊いた。

善次郎が小夏の顔を見た。小夏は曖昧な返答よりもはっきりと答えたほうがいいと考え、

「善次郎兄さんの三味線をお買い上げになったお師匠さんは二百両を支払われました」

との返答にだれもが黙り込んだ。そんな話がありかという顔つきだった。

「親父、兄さんよ、三味線を弟子が造っても金子は親方に支払われるのよ。こんな話は滅多にねえや、なにしろ異国産の花梨って硬木を使った三味だから高いのよ」

「なに、造った当人には一文も入らないか」

「修業中の身だからな、それでも五十両は小夏ちゃんが親方から頂戴してきたぜ」

という言葉に小夏が、

「ご一統様、善次郎兄さんにはこれでいろいろな注文が入ると思います。七年の間、こちらにもまともに帰らずに玄冶店の三味線工房でだれよりも頑張った証しです」

と言い添えた。

「善次郎、漁師にならずによかったな。おっ母、そう思わないか」

「お父つぁん、魂消たよ。この漁師町で三味線なんて弾く粋な者はいないがね。江戸では三味線ひとつが、漁師舟を何艘も買えるほどの値での取引きだって。善次郎がそんな三味を造ったなんて驚きだよ。小夏さん、これからもときに善次郎を誘って入船町に来てくださいな」

と両親が言い合った。

「この七日には花梨の三味線のお披露目がございます。どうです、善次郎兄さんのお父つぁん、おっ母さん、おふたりしておいでになりませんか。善次郎兄さんの三味線の調べをお聞きくださいな」

と小夏が言うと、

「娘さんや、わっしは漁師じゃや、江戸の晴れがましい場所には似合わねえ。いつの日か、この漁師町で善次郎の三味の音を聞きたいもんだ」

と十右衛門が小夏の誘いを断った。

それでも賑やかな半日を過ごし、若い漁師の三平の櫓で入船町から竈河岸まで送られることになった。三平は善次郎と同じ歳で幼馴染だ。三平も酒は呑まないせいか、善次郎が年上の漁師に小夏のことで揶揄われるのを遠くから見ていたのを小夏は承知していた。

「すまねえ、三平」

「江戸に行ってそんな言葉を覚えたか」

小夏は深川も江戸にも拘わらず入船町の漁師たちは大川右岸、千代田城のある界隈を江戸と呼ぶのがおかしかった。

「三平さん、善次郎兄さんはどんな子供だったの」

「おれたちが面白がる泳ぎや船漕ぎの遊び一切には見向きもしないでよ、寺子屋通いは好きだったな。でも、喧嘩は仲間うちで一番強かったな。まあ、一言で言うと変人か」

「妙な子供だったのね」

「おお、それが三味線造りの職人になって出世しやがった」

「三平、おりゃ、出世なんてしてないぞ。あと十年頑張ったときに、その言葉が聞きてえや」

「職人奉公はそれほど厳しいか」

「ああ、なんでもそうよ。おりゃ、三味線職人のとば口に立ったばかりだ」

「小夏ちゃん、こんな男が好きか」

入船の漁師はまたも直截だ。

「うちのお父つぁんも三味線職人よ、それも棹造りしかやらせてもらえない半端職人と自分では言っているわ。三十年修業してもほんものの三味線造り、三弦師と呼ばれる職人は数少ないの。善次郎兄さんは、もしかしたら三弦師になれるかもしれないとお父つぁんはいつも言っている。そう、善次郎兄さんは器が大きいとも言っているわ」

「器が大きいな、こいつらしいや。そんな善次郎が小夏ちゃんは好きなんだな」

三平の重ねての問いに頷いた小夏が、

「入船町には善次郎兄さんが好きだった娘さんはいなかったの」

「いたさ、従妹のおなみが善次郎一途だったがな、善次郎は娘なんて見向きもしねえで、なにかを探していたな。それが三味線造りだったのかね」

「おなみさん、どうしたの」

「二年前か、『善次郎さんは入船町の暮らしなんか忘れたのね』と言い残して富岡八幡宮の船宿の船頭のところに嫁に行ったさ。善次郎、知るめえな」

「そうか、おなみは嫁に行ったか」

と呟く善次郎に、

「小夏ちゃん、こいつ、情なしだぜ。それでもいいのか」

「そうか、善次郎兄さんは変人で情なしか」

「おお、間違いねえ。善次郎に捨てられたときは、入船町に来ねえ。相手はいくらでもいるからよ」

「と、三平が言っている。小夏は人気だな」

と善次郎が言った。

「三平さんに言っておくわ。善次郎さんに惚れたわたしの恋敵が出てくるとしたら、娘さんじゃない、三味線よ」

「やっぱり昔も今も変人情なしだぜ」

と言い放った三平の漁師舟は大川へと出ていった。


一月七日。竈河岸に接した芝居町堺町の中村座を夜明け前から大勢の人々が取り囲んで行列ができていた。中村座は芝居小屋正面に公許の証し、富士山の頂から銀杏を咥えた鶴が舞い降りてきたという吉夢から、

「角切銀杏」

の座紋が描かれた櫓があった。

むろん寛政八年の正月興行の最中である。

にしきぎ歌水師匠の正月七日の習わしである初おさらいは、いつものように師匠の稽古場に弟子たちや関係者を集めて催すことになっていた。ところがこの初おさらいに師匠自らの花梨の三味線の独奏が催されると、どこからどう漏れたか、

読売が派手に書き立てたのだ。むろん花梨の三味線が善次郎という若い職人が造った三味線とはひと言も書いてなかった。だが、この細棹の三味線の調べは、これまでの桜と桑で拵えられた三味線と異なり、異国の材が醸し出すなんともいえない、

「余韻」

があると書いたものだから、大勢の人々が堺町のにしきぎ歌水の稽古場に見物拝聴を申し出た。それが何百人もの希望者だった。

　稽古場はどう詰めてもせいぜい百二、三十人が限度だろう。最初、歌水はなんとかいつもの人数に絞り込もうとしたが、義理ある人ばかりで顔見知りの芸人も大勢混じっていた。とても断れなかった。

　歌水は悩んだ末に中村座の座元中村勘三郎に相談した。師匠は、中村座の三味線方の師匠でもあったから中村勘三郎も腕組みしてしばし思案して、

「師匠、読売に認められた曰くの花梨三味のお披露目、うちで賑々しく催しなされ」

　と言い放った。

「座元、正月公演の最中ではございませんか」

「おお、その正月興行の中に花梨お披露目の初おさらいを組み込みなされ。芝居は融通無碍、人気を呼ぶと推量されれば、どのような変更も致しますでな」

と平然と答えたものだ。

勘三郎は、朝一番に四つ（午前十時）から三味線披露を組み込めと言っていた。確かに中村座ならば一度に何百人でも入るだろう。歌水はこの中村座の厚意を受け止めた。弟子たちには格別に歌水師匠の入場券を持たせ、入り口で銭を払わずとも入ることができるようにした。

小夏は、そんな初おさらいの場所変更を五日に歌水師匠から教えられた。驚いた小夏は三味線長屋の作業場に戻り、男たちふたりに告げた。伊那造も善次郎も黙り込んでいたが、

「さすがににしきぎ歌水師匠の名はすごいな。中村座で初おさらいか」

「兄さんの拵えた花梨三味の細棹を聞きたいって人もいると思わない」

「小夏、職人は三味線を拵え、客に渡した以上、もはやおれには関わりがねえ。あとは歌水師匠の芸を楽しむ客がいるだけだ」

ふたりの問答を聞いた伊那造はひと言も口を利かなかった。

「お父つぁん、中村座よ、行かない」

沈黙したまま首を横に振り、棹造りに戻っていった。

この朝、善次郎と小夏は中村座の楽屋口から入り、舞台わきの黒御簾のかかる囃子方とは反対の羅漢台から初おさらいを見ることになった。ふたりが羅漢台に座したとき、中村座の平土間も本土間も一階桟敷も満席、ぎゅうぎゅうに詰められているのが見られた。

「おい、小夏、こんな大勢の人の前で花梨三味が弾かれるのか。こりゃ、余韻どころか人いきれの中で調べが聞こえねえぜ」

「善次郎兄さん、芸を極めた人の三味線は、大勢の人を鎮める力があるの」

と小夏は言い切ったが、正直当人も、

(花梨の三味線の調べが伝わらなかったらどうしよう)

と不安だった。

前座扱いの三味線の初おさらいは、歌水師匠の高弟十二人が初めての何百人もの見物人の前で緊張して催された。見物の衆は素人の三味線に大いに沸いて拍手をくれた。そんなわけで場内のざわめきは続いていた。だが、

「花梨三弦初披露、曲目『春よ春』にしきぎ歌水」

と書かれた演目札が垂らされた瞬間、場内は鎮まった。

灯りが暗くなり、それが舞台だけに灯りが戻ったとき、黒小袖(こそで)の歌水が三味線を手に座していた。そして、背後に琴三張が並んでいた。

歌水と座元の中村勘三郎が話し合っての琴三張との競演だった。

「おい、小夏、花梨三味は細棹だぜ」

と囁(ささや)き、小夏は、

「兄さん、歌水師匠の芸をとくと拝聴しなされ。兄さんの細棹を信じなされ」

と囁き返した。

羅漢台には歌水の静かな息遣いも聞こえてきた。それほど満席の見物席が静まり返っていた。

歌水の撥が動いた。

花梨の三の糸に撥がふれて秘(ひめ)やかな音が中村座の土間席じゅうにぴーんと響いた。

小夏は三味線長屋で聞いた音とも違い、冬が終わり、春の到来で穏やかな陽が江戸の町に射し込む光景を感じた。

歌水は花梨の三味線を手にして以来、馴染もうと片時も離すことのなかった三弦を見事に操り、春の到来を艶(あで)やかに満員の観衆に聞かせてくれた。

十分に余韻のある細棹を堪能させたと歌水が感じたか、

「春よ春、年のはじめの華やかさ」

と不意に即興と思える歌が口をつき、三張の琴とともに中村座を支配した。

満席の土間席は歌水の声音と花梨の三味の音と、三張の琴の響きに和して春の到来を満喫していた。

いつもの中村座の雰囲気とは違い、弦の調べが正月の芝居小屋を圧倒していた。

小夏の手が善次郎の手に触れた。

その途端、ふたたび歌水が細棹の独奏に戻った。主役は歌水に、花梨三弦に戻っていた。

善次郎は、三味線造りになって、

(よかった)

としみじみと感じた。

中村座に興奮を抑えた静かな熱気が漂った。

善次郎も小夏もそんな熱気に浸っていた。

「兄さん、よかったね」

「ああ、三味線職人になって、これほどよかったと感じたことはない」

と言い切った。

ふたりが羅漢台を下りて楽屋に向かうと、歌水師匠が座元の中村勘三郎と玄治店の五代目小三郎と話していた。

「おお、善次郎か、どうだったえ」

「歌水師匠の芸に圧倒されました」

「で、おめえの造った花梨の三味の音はどうだ」

「はあ、そちらは」

と言いよどむ若い職人に、

「座元、こいつが花梨の三味を造った善次郎だよ」

と口を利いてくれた。

「そうか、若い若いと聞いてはいたが、三味線造りに新しき名人が生まれましたな、五代目」

「へえ、わっしの一門から新たな三弦師が生まれました。座元、今後とも善次郎をよろしくご指導くだされ」

と小三郎が言い、

「座元、五代目、久しぶりにこの若い衆が私を上気させてくれました。この細棹の音が満員の中村座で聞き分けられるなんて、善次郎さんの才のおかげですよ」

と歌水が興奮した表情で言い切った。

「師匠、また、昼も夜も頼みますよ」

と中村勘三郎が歌水に願った。

「座元、この娘の父親は玄冶店の高弟伊那造さんでしてね、この花梨の三味線の誕生はこの親子が大いに手助けしてくれましたので。いえ、三味線に手を貸したんじゃない、奉公して七年ではすべてが初めての経験だったでしょう。伊那造さんと小夏ちゃん親子がいなければ、この三味線は生まれていないかもしれない。そうでしょう、五代目」

「いかにもさようですよ、座元」

と小三郎も言い切った。

「そうか、三味線長屋の親子が鼓舞してその三味がな」

と善次郎を見た。

「座元、おれはいい親方に恵まれました。五代目小三郎親方と伊那造の親父さんとふたりもね」

「善次郎さんよ、三味線を通じて中村座とも関わりができた。これからもよろしく頼むぜ」

と中村勘三郎が言ったとき、正月公演の第一幕、舞踊「壽浅草柱建（ことほぎてはながたつどうはしらだて）」が始まった。

終章

善次郎と小夏は、中村座の帰りに竈稲荷に立ち寄って、歌水師匠の中村座での初おさらいが盛況裡に終わったことを感謝して拝礼した。するとクロが姿を見せて小夏に煮干をねだった。

ふたりは中村座での興奮を鎮めるように稲荷社の狭い階に腰を下ろした。

「兄さん」

「なんだ」

「わたしたちの三年後はどうなっていると思う。私は十八かな」

「おれは二十四歳か」

「そうね、十八と二十四よ」

「おりゃ、三味線長屋の作業場から引っ越しているかね」

「えっ、引っ越すの」

と小夏が驚愕の顔で善次郎を見た。

「玄治店に戻るの、違うわね。どこか作業場付きの長屋に引っ越すの」

善次郎は戸惑う小夏を見た。

「どこへ引っ越すの」

「おれが引っ越す先は三味線長屋だとどうなる」

「どうなるって、うちに来てくれるの」

「いけねえか。おりゃ、親父さんと昼間は三味線造りをして、夜は長屋に戻るのよ。そんな暮らしはいかねえか」

小夏がほっと安堵した顔で善次郎の手を取った。すると竈稲荷の黒猫クロが、
ミャウミャウ
と啼いた。

ふたりの耳に歌水師匠の、余韻が籠った細棹の音が響いていた。

光文社文庫

文庫書下ろし／長編時代小説

竈稲荷の猫

著者　佐伯泰英

2023年6月20日　初版1刷発行

発行者　三宅貴久
印刷　萩原印刷
製本　ナショナル製本

発行所　株式会社　光文社
〒112-8011　東京都文京区音羽1-16-6
電話 (03)5395-8147　編集部
8116　書籍販売部
8125　業務部

ISBN978-4-334-79540-5　Printed in Japan

組版　萩原印刷